TAKE
SHOBO

強面上司の甘いささやき

その艶声は困ります

西條六花

ILLUSTRATION
堤

CONTENTS

イラスト／堤

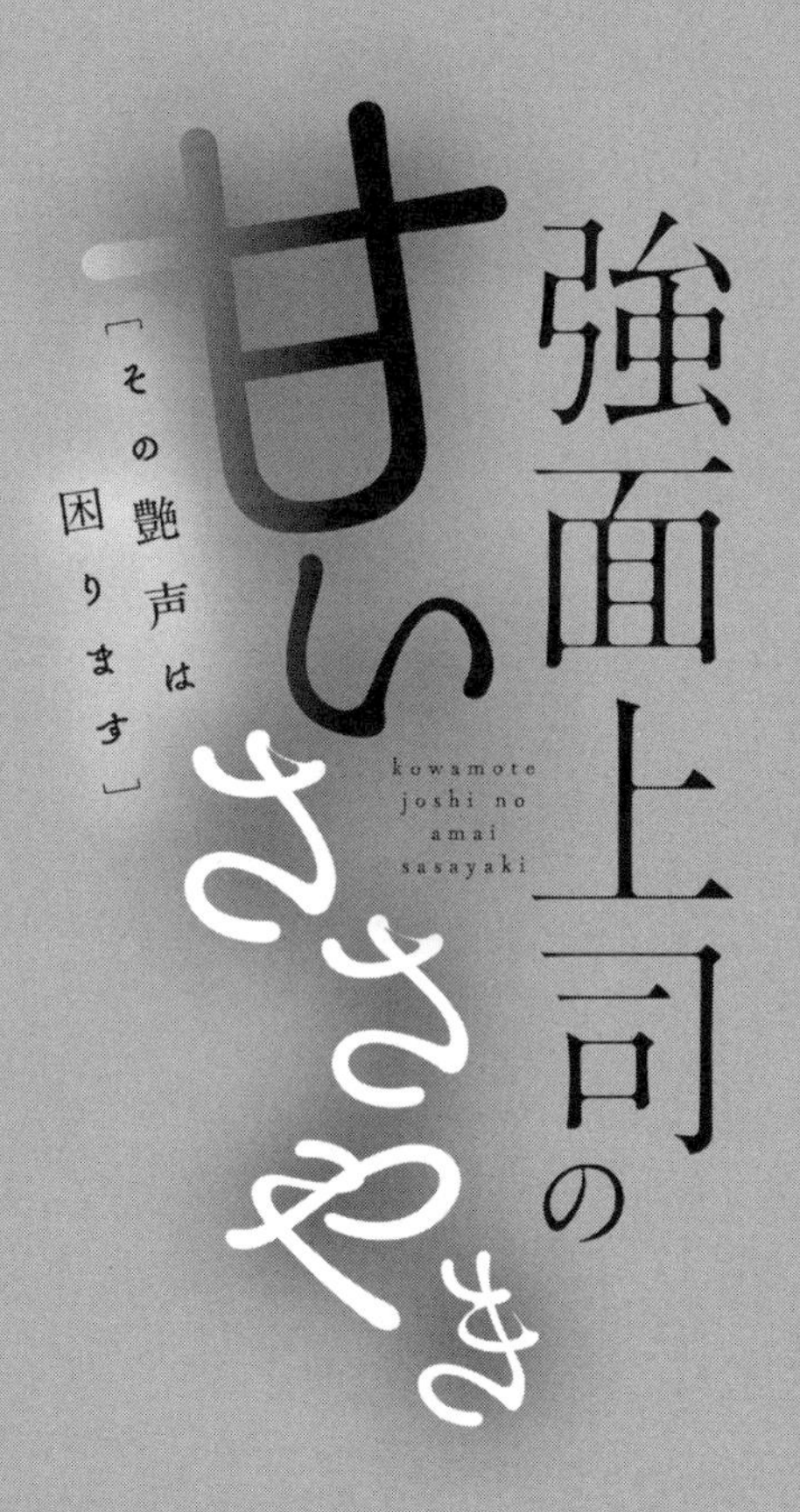
強面上司の甘いささやき
［その艶声は困ります］
kowamote
joshi no
amai
sasayaki

第一章

株式会社initium（イニティウム）は、企業のウェブサイト開発やアプリ制作、その運用を行っている会社だ。

ウェブ制作のあらゆる工程に精通していて、それらすべてを内部で行える体制と的確なコンサルティング、ウェブサービスに関する幅広い業務代行を売りにしている。

北海道支社は街中の複合ビル内にあり、窓が大きく明るいオフィスだった。男女比は半々で、支社長の下に二人のディレクターと八人のウェブデザイナーがいる。

その業務の性質上、オフィス内には常にキーボードをタイピングする音が響いていた。

そんな中、自分のデスクでモニターと睨（にら）めっこしていた知紗（ちさ）の耳に、ふいに男性の声が飛び込んでくる。

「——三嶋（みしま）、ちょっと」

低く深みのある声はさほど大きくはないのによく通り、それを聞いた知紗はいつも条件反射のようにギクリとしてしまう。

「はい」

立ち上がった知紗は通路を歩き、自分を呼んだ支社長のデスクに向かった。

彼の用件は、よくわかっている。今日の午前に提出した、M社のウェブサイトのリニューアル案件についてだ。

自分としてはよくできたプランニングと思っているが、彼の評価はどうだろう。そう考えながらデスクまで行くと、支社長である彼――久原明慶が、書類を見ながら淡々と言った。

「三嶋に任せたM社のサイトのコンセプト案だけど、これじゃ駄目だ」

「……っ」

「まず、M社はどういう会社だ？」

「自然派化粧品を扱う会社です。二十代、三十代の女性をターゲットにしています」

M社のユーザーは、一般消費者ではなくエステサロンだ。

サロンで施術の際に使用するオイルやローションを売り込みたいという目的があるため、自分なりにおしゃれで女性受けをする素材を使って構成した。すると久原が言った。

「今回の案件は、ＢｔｏＢコーポレートサイトだ。それなのにファッションブランドのサイトのようなスタイリッシュさに傾いてしまうと、クライアントのニーズに合わない」

「でも……っ、女性が使うものですから、おしゃれなイメージは必要だと思うんです。だからわたし――」

「化粧品でも、取引相手が消費者か企業かでアピールするポイントが変わる。消費者向けのものならデザインに特化してもいいが、企業向けならコストや実用性のほうを重視しなくてはならない。三嶋のコンセプトは、その軸にブレがある」

「………」

「これを見るかぎり、三嶋がM社の〝ブランド力〟を押し出したかったのはわかる。消費者を対象にしたＢｔｏＣの場合なら、商品のイメージをアピールして購買意欲を駆り立てるのはアリだ。だがＢｔｏＢでは、そこまでブランド力は重視されない。企業が冷静で合理的なプロセスを経て購買意思を決定するため、商品の本質的な部分をいかに伝えるかということがポイントになる」

　彼は企画書をデスクに置き、こちらに返しながら言った。

「──以上の点に留意して、やり直し。月曜の終業までに再提出すること」

「……わかりました」

　知紗は肩を落とし、自分の席に戻る。

　今回のプランニングは自信があっただけに、すっかり意気消沈していた。だが久原の指摘は納得できるもので、ぐうの音も出ない。

　席に着くと、隣の席の持田大夢がひそめた声で話しかけてきた。

「朝に提出した案件、リテイク食らったの？」

「うん。コンセプトの軸にブレがあるって」

「そっか。結構いい感じに見えてたけどな」

同期入社の彼は、いかにも今どきの草食系の見た目で、服装もおしゃれだ。

穏やかで癖がない人柄で、普段から仲良くしている。知紗はため息をついて答えた。

「わたしも自信があったんだけどね。でも、支社長の指摘はもっともだし、アドバイスももらえたから、修正頑張る」

パソコンに向かい、やりかけの作業を再開しながら、知紗はそっと久原の様子を窺う。

支社長である彼は、かなり厳しい人間だ。仕事に妥協を許さず、問題点を指摘する口調によどみはない。黙っていれば端整な容貌の持ち主だが、如何せん愛想がなく、いつも眉間に皺を寄せてモニターを睨んでいるのが常だった。

（もうちょっと愛想がよければ、とっつきやすいのにな。あの目でジロッと見られると、条件反射みたいに竦み上がっちゃう）

知紗がこの株式会社initiumで働き始めて、一年と二ヵ月ほどになる。

専門学校で三年かけてウェブデザインを学んだ知紗は、卒業後に広告代理店に就職した。しかし会社が求めるデザインとセンスが合わず、人間関係もギスギスしていて悩んでいたところでこの会社の求人を見つけ、一念発起して転職した。

どうにか採用してもらえたものの、この会社に在籍しているメンバーは皆レベルが高く、気が抜けない毎日だ。だがもっとも実力があるのは、やはり支社長の久原かもしれない。

彼はウェブデザイナーとして高い知名度と実績を持ち、特にインタラクティブアートの分野ではいくつも賞を獲っていた。久原を指名して仕事を依頼してくる企業も多く、デザイナーとしてはとても尊敬できる人物だといえる。

しかし知紗にとっての彼は、鬼上司だ。いつもニコリともせずに駄目出しをされ、ケアレスミスが続くと剣呑(けんのん)な目つきで睨まれて、そのたびに萎縮してしまう。それは知紗の生来のそそっかしさが原因であり、何かとミスに気づいてしまうのが久原であるからだが、入社して一年余り経った今はすっかり苦手意識が芽生えていた。

(……でも、声はいいんだよね)

名前を呼ばれるとビクッとしてしまうが、久原はとても声がいい。

何事も手短に用件だけを話す口調は平坦(へいたん)であるものの、声は低くて深みがあり、男らしい色気を感じさせる。

ほとんどの社員たちが出払った昼休み、自分の席でランチをとりながら知紗がそんな話をすると、向かいに座る先輩社員の加納珠緒(かのうたまお)がおっとりとした口調で答えた。

「支社長の声、確かに素敵よねえ。その上あの人、背が高くて顔も整ってるし、業界では有名人で、この会社に入った女子は第一印象でもれなく色めき立つのよ。でも、すぐにそれは打ち砕かれるの。だって愛想の欠片もないから」

「……ですよね」

かくいう知紗も、面接のときに久原を見たときはドキリとした。

切れ長の目元に前髪がわずかに掛かり、すっと通った鼻筋や薄い唇、シャープな輪郭が男らしい色気を醸し出している彼は、贔屓目(ひいきめ)に見ても〝イケメン〟と言われる類の男だ。

クールな表情や話し方にドキドキし、採用が決まったときは久原が上司となることに胸をときめかせたものの、淡い期待はすぐに打ち砕かれた。

　彼は抱えている仕事量が多いせいか、オフィスにいるときはとにかく無駄口を叩かず、作業に集中している。そうしながらも他の社員から上がってくるものを随時チェックし、問題点を指摘するが、あまりにも端的で用件しか言わないため、周囲から怖い印象を抱かれていた。

（でもああいう雰囲気の人がいるから、社内の空気がピリッとしてるともいえるよね。仕事に対するストイックな姿勢は、すごく尊敬できる）

　そんなことを考える知紗の隣で、持田が惣菜パンを頰張りながら言った。

「支社長って、プライベートはどんな感じなんでしょうね。普段はそういう部分を全然見せないじゃないですか」

　すると加納がお手製のお弁当を口に運びつつ、「そうねえ」と考え込む。

「私はこの北海道支社ができた三年前から在籍してるけど、支社長の浮いた噂はひとつも聞いたことがないわ。プライベートでも、あの調子でずっとモニターに向かい合ってる姿しか想像できない」

「確かに」

　やがて昼食を終えた知紗は、自分のデスクで作業を再開する。

　この会社におけるウェブデザイナーの主な仕事は、企業のホームページをデザインし、制作することだ。デザインとコーディング作業をしていた知紗は、午後三時から社内会議に出席した。プロジェクトの進行状況を共有し、また自分の席で作業を進めたあと、午後七時に退勤する。帰りは駅の中にある大型書店に寄ってデザイン書を探したり、帰宅してからもウェブ制作の勉強をしたりと、あまり暇はない。

　土日は休みで、いつもなら昼まで寝たり溜まっている家事をこなすのが日課だったが、今日は違っていた。日曜の朝、八時に起きた知紗は慌ただしく出掛ける準備をする。

（向こうで着替えるのは面倒だから、家から喪服を着ていこう。ストッキングって、黒じゃなきゃいけないんだっけ）

　喪服を引っ張り出している理由は、今日が母方の祖父の一周忌だからだ。

法要は祖母の自宅で執り行われるため、午前十一時までに現地に行かなくてはならない。喪服を着たあと、クローゼットから数珠を探し出した知紗は、午前九時過ぎに自宅アパートを出た。

　普段は車を運転するのは近場のスーパーに行くときくらいしかなく、長距離は少々緊張する。おまけに途中で道に迷ってしまい、知紗は午前十一時を五分ほど過ぎた頃に現地に到着した。

（ちょっと遅刻しちゃった。お坊さん、もう来てるのかな）

　祖母の家の周辺には何台も車が停まっていて、親戚たちが集まっているのがわかる。玄関横にスクーターが一台あるが、もしかすると僧侶が乗ってきたものだろうか。

向かいの空き地に車を停車させた知紗は、急いで家に向かった。玄関を開けると三和土には数多くの靴がひしめき合っていて、わずかな隙間で靴を脱ぐ。既に法要が始まっている仏間からは、案の定読経が響いていた。

玄関の引き戸を開ける音に気づいた伯母が、座ったまま広間から顔を出して「あら」という顔をする。知紗が頭を下げると、彼女が隣の空いている座布団を無言で勧めてくれ、そこに腰を下ろした。

すると少し離れたところに座っている母親の啓子が、こちらに尖った視線を向けてくる。

（お母さん、わたしが遅刻したことに怒ってる。あとでガミガミ言われちゃうかも）

事前に「くれぐれも時間厳守で」ときつく言い含められていただけに、母は娘の遅刻に怒り心頭に違いない。

仏間との続き間は開け放され、そこに二十人ほどの親族が集まっていた。誰もが喪服姿で正座しており、僧侶による読経の声が朗々と響いている。

（わ、お坊さん、すごくいい声だな。低いのに言葉が明瞭で、よく通って）

低く深みのある声は安定していて、ときおり一呼吸つく余韻に仄かな艶があり、何ともいえず耳に心地いい。思わず聞き入ってしまうほどの美声だ。

周りの女性たちも皆うっとりしていて、聞き惚れているのが見て取れた。一体どんな人が読経をしているのかと興味をそそられた知紗は、祭壇に視線を向ける。するとこちらに背を向け、分厚い座布団に座して読経しているのは、珍しい有髪の僧侶だった。

直綴(じきとつ)といわれる紫色の僧衣を纏(まと)った彼は三十代くらいに見え、白菊の地紋に鳳凰(ほうおう)の刺繍(ししゅう)をあしらった絢爛(けんらん)豪華な袈裟(けさ)を着けている。髪は清潔感のある長さだが、僧侶といえば剃髪(ていはつ)しているイメージしかないため、やや違和感があった。

しばらくその後ろ姿を見つめていた知紗は、何となく見覚えがある人物のような気がして、内心首を傾げる。

（あの後ろ姿、どこかで見たことあるような気がするんだけど……気のせいかな）

考え込んでいるあいだにも読経は続き、知紗は釈然としない気持ちを押し殺す。しかしその声を聞いているうち、ふと脳裏に閃(ひらめ)いた人物があった。

（まさか、他人の空似だよね。あの人がこんなところにいるわけがない）

政令指定都市から車で二時間弱のところにあるこの中ノ町は、高層ビルがひとつもない田舎町だ。

近くに湧水が有名な公園があるが、それ以外には畑くらいしかない。こんなところでその人物に会うはずがなく、知紗はひどく落ち着かない気持ちを味わう。

やがて末席まで焼香盆が回り、人の手を渡って前に戻された。それからしばらくして僧侶が読経を終え、室内がしんと静まり返る。おりんを鳴らした彼は仏壇に向かって合掌と礼拝をしたあと、衣擦れの音をさせながらこちらを向いた。

予想していたとおりの顔を見た知紗は、ドキリとして息をのむ。

（やっぱり……支社長だ。どうしてこんなところに）

紫の法衣と豪華絢爛な袈裟を身に纏って目の前に座っているのは、上司の久原明慶だ。

なぜ彼がここにいるかがわからず、知紗は食い入るようにその顔を見つめる。すると自分に向けられる強い視線を感じたらしい久原が、何気なくこちらを見た。そして虚を衝かれた様子で目を見開き、動きを止める。

「……っ」

おそらく見つめ合っていた時間は、ほんの一、二秒に違いない。

しかし知紗にとっては、かなり長く感じるひとときだった。彼が視線をそらし、小さく咳払いする。そして親戚一同に向き直り、口を開いた。

「人生とは、誠に無常なものです。早いもので、故人が仏さまとなられてからもう一年が経ってしまいました。弘法大師が記した遍照発揮性霊集に、このような文章があります。――〝行李想えばすなわち難中の難なり。波濤万万たり、雲山幾千ぞ。来ること我が力にあらず、帰らんこと我が志にあらず〟」

一旦言葉を切った久原が、落ち着いた声で話を続ける。

「どのような意味かと申し上げますと、〝これまでの工程を思い返せば、とても厳しく困難なものであった。無数の大波を渡り、いくつもの険しい山を越えたが、ここまで来れたのは己のみの力ではなく、また帰ることも自分が目指すところではない〟、つまり、〝すべては他の縁に導かれてのことである〟という意味です」

人はときに己の力を過信し、成功すれば「自分の実力だ」と騙り、失敗したときには

「周りのせいだ」と身勝手なことを考える。

しかしどれだけ強がっても社会から離れて生きていくことは叶わず、周囲のあらゆるものの影響を受けているのが現状だ。すなわち己は一人で生きていると考えるのではなく、先祖から受け継がれてきた命に感謝の念を抱き、敬虔な気持ちを持つことが必要だ――と久原は語った。

「年回法要は故人を偲ぶのと同時に、自身をも顧みるよい機会です。最後に皆さまとお唱えする廻向文に、『願くは、この功徳をもって普く一切に及ぼし、我らと衆生と皆共に仏道を成ぜんことを』という文言があります。仏さまを拝み、祖先をお祀りして年回法要を営むことは、『この功徳がすべての先亡の霊や人々に及び、仏の道を成就しましょう』という願いであり、誓いでもあるのです。それでは皆さまご一緒にお唱えし、故人の一周忌法要の廻向をいたしましょう」

一同が彼の言うとおりに復唱し、久原が再び祭壇に向き直る。そして堂々とした声音で、同じ意味の経文を漢文で唱えた。

「願以此功徳、普及於一切、我等與衆生、皆共成佛道――……」

一周忌の法要が終わり、親族たちがホッと息をつく。

長時間の正座で足が痺れた者もいる中、このあとは徒歩数分のところにある墓地で納骨式を行うため、移動を始める者たちで慌ただしい雰囲気になった。そんな広間で、知紗は呆然としつつ久原の姿を目で追っていた。

（どういうことなんだろう。支社長って、もしかしてお坊さんだったの？）

まったく訳がわからずに混乱していると、母親がこちらに近づいてきて言った。

「知紗、あんたって子は、お祖父ちゃんの法事に遅れてくるなんて。あれほど時間厳守って言ったのに」

「ご、ごめんなさい。途中で道に迷っちゃって」

ガミガミと怒り出す母親を、近くにいた大叔父が「まあまあ、いいじゃないか」となだめてくれる。

「知紗ちゃん、久しぶりだな。すっかりきれいになって、今いくつになった？」

「二十五歳です」

「もうそんな歳なのか。そろそろ結婚してもおかしくないな」

「い、いいえ。仕事が忙しくて、それどころじゃありませんから」

親戚が集まれば、必ずこういう話題を出してくる人間がいるのが困りものだが、田舎だから仕方がない。

外に出ると、空はよく晴れていて初夏の日差しが燦々（さんさん）と降り注いでいた。墓地からはなだらかな稜線（りょうせん）を描く山を見渡すことができ、生い茂る木々の鮮やかな緑が目に眩（まぶ）しい。命日などで訪れる人がいるのか、ところどころに花が飾られた墓を横目に歩き、一同は目的の場所に着く。

骨壺（こつつぼ）を収め、久原が墓前で納骨経を上げて全員が焼香し、また家に戻った。そして総勢二十数人での食事会となったが、どうやら彼は辞退して帰ろうとしていたようだ。

しかし祖母を始めとする複数の親族に引き留められていた。

「明慶さん、せっかくだからご一緒にどうぞ」

「いえ、私は」

固辞していた久原だったが、やがて根負けしたらしい。

上座に座らされた彼は、周りの人間がグラスにビールを注ごうとするのを「あとで車の運転がありますので」と断っていた。それを末席から見つめながら、知紗は近くにやって来た伯母を捕まえてヒソヒソと問いかける。

「清美伯母さん、あのお坊さんってこの近くのお寺の人？」

「そうよ。彩樂寺の次男の、明慶さん。男前でしょう？　それに声も良くってね～」

伯母はここから車で四十分ほどのところに住んでおり、ときどき祖母の様子を見にきているため、近隣の事情に明るい。

知紗は周囲を慮り、声をひそめながら言った。

「でもお祖父ちゃんのお葬式のときは、もっと年配のお坊さんが来てたよね？」

「あれは先代さんよ。あのあとすぐに身体を悪くして引退して、長男の英俊さんが後を継いで住職になったんだけど、最近事故に遭っちゃって入院してるらしいの。それで先代さんが復帰したものの、体調も思わしくないし、どうにもこうにも手が回りきらなくて、やむを得ず実家を出て都会で働いている次男の明慶さんを呼び戻したんですって。今は週末だけ、手伝いに戻ってるそうよ」

　聞かされた話に驚きつつ、知紗は久原のほうを見やる。

　伯母の話から推察するに、彼はこの中ノ町の出身らしい。しかも実家である寺はここから歩いて五分のところにあるようで、知紗はあまりの偶然に気持ちがついていかなかった。

（まさか支社長の実家が、お祖母ちゃん家の目と鼻の先だなんて。全然知らなかった）

　そもそも久原は会社で無駄口を一切叩かず、プライベートはベールに包まれている。

　普段はシャツにジャケットというオフィスカジュアルな恰好しか見たことのない知紗にとって、法衣姿の彼はとても新鮮に映った。考え込んでいると、弟の譲が話しかけてくる。

「姉ちゃん、何ぼーっとしてんだよ。坊さんがイケメンで見惚れてんのか？」

「そ、そんなことないよ。何なの、いきなり」

「あのさあ、来月の頭に車貸してくんない？　友達とキャンプに行くことになったんだけど、結構な人数になっちゃったから、車が足りないんだよね」

「えっ、やだよ」

　知紗の軽自動車は購入してまだ数ヵ月しか経っておらず、とても気に入っている。にべもない断り文句を聞いた譲が、両手を合わせて拝みながら言った。

「頼むよ。車の保険って、確か家族も乗れるやつだろ？　実は気になってる女の子がいてさ、車があれば二人っきりで現地まで移動できるチャンスなんだよ。俺を助けると思って、お願い」

「そんな……」

三歳年下の彼は大学四年生で、自動車免許はあるものの自分の車は持っていない。普段必要なときは父親の車を借りて乗っていたが、キャンプのときは意中の女の子を乗せるため、姉の持つおしゃれな軽自動車に目をつけたらしい。知紗は顔をしかめて答えた。

「やっぱり嫌。あの車はわたしが自分でローンを組んで買ったもので、内装とかいろいろこだわってるんだよ。それを人の褌(ふんどし)で相撲を取るみたいに」

「頼むよ～」

弟を適当にあしらいつつ、知紗は再び久原のほうを見やる。

親戚たちと談笑していた彼が視線を感じたように顔を上げ、目が合った。久原はすぐに視線をそらしてしまい、何を考えているかわからない。

会社以外の場所、しかも職場から遠く離れた田舎の祖母の家で上司に会ってしまった偶然に、ひどく落ち着かない気持ちになった。小さく息をついた知紗は目の前のお膳に箸をつけ、煮物を口に放り込んだ。

第二章

株式会社initium（イニティウム）北海道支社は、総勢十名の小さな事務所だ。

大手の制作会社では分業制を取っているところもあるが、initiumではウェブページのデザインからコーディングまでを、基本的に一人でこなす。デザイナーたちを取りまとめているのが二人のディレクターで、自身の仕事をしながらチームのスケジュール管理をする役割だ。

その上にいるのが支社長の久原で、クリエイティブディレクターという肩書を持っている。制作のデザインや技術面を総合的にディレクションしていて、すべての案件をチェックし、最終的なゴーサインを出さなくてはならない。

それ以外にも久原を指名してくる仕事は多く、常に作業に追われていた。月曜の午前、自分のデスクでパソコンに向かっている久原は、欠伸（あくび）を嚙（か）み殺す。

（だいぶ疲れが溜（た）まってきたな……。週末の二日間、丸々実家に戻らなきゃならないのがきつい。移動に高速道路を使っても、往復二時間くらいかかるし）

半月ほど前から、久原は平日は会社での業務、週末は地元に戻って家業の手伝いというダブルワークをしている。

　理由は実家を継いでいた兄が事故に遭い、怪我で入院してしまったからだ。既に引退していた父親が急遽仕事に復帰したものの、健康に不安があるために無理ができず、やむを得ず久原が週末に戻って手伝うことになった。

　元々の仕事が激務な中、週末の二日間を拘束されることになり、日に日に疲れが溜まっている。その上昨日は新たな問題が勃発して、正直頭が痛かった。

（まさか地元であいつに会うとはな……。どうしたもんだろう）

　パソコンのモニター越しに見る視線の先には、部下の三嶋知紗がいる。

　一年二ヵ月前に入社した彼女は、ウェブデザイナーとしてはまだまだ駆け出しだ。ときどきうっかりミスをすることがあり、安心して仕事を任せられる状態ではない。それでもセンスに光るものを感じ、採用したという経緯がある。

　昨日、家業を手伝うために地元に戻っていた久原は、偶然三嶋と遭遇してしまった。

（俺の副業を知られてしまうなんて、一体どんな巡り合わせだ。今まで周囲にはひた隠しにしていたのに）

　久原の実家は、寺だ。

　小さな集落である中ノ町で、真言宗の寺として長く檀家を抱えてきた。久原は次男で後継ぎの立場ではないが、「何かあったときのため、寺の仕事ができるようにしておいてほしい」と親に頭を下げられ、京都の仏教系の大学に進学して卒業後に二年ほど本山で修業し、得度したという過去がある。

　本名と同じ字を使った明慶（みょうけい）という名を授かったあとは、それまで独学で学んでいたウェブデザインの道に進んだ。

　デザイン事務所に所属してインタラクティブアートの分野で賞を獲った頃、高校時代の友人から「ウェブデザインの会社を興すんだけど、うちで働かないか」と声をかけられ、それを了承して今に至る。

　彼――西村肇（にしむらはじめ）は、当時既に業界で有名なデザイナーであり、独立したときは大きな話題になった。西村は起業する際に友人をもう一人誘っていて、久原を含めた三人が株式会社initium（イニティウム）の中心メンバーとなった。

　会社はその後着々と実績を積み、三年前からは東京、仙台、北海道に支社を設立して分業する形になっている。

　これまでの久原は会社で無駄口を一切きかず、社員たちと馴（な）れ合うことはなかったため、家業も含めたプライベートを知られる心配はなかった。しかし昨日地元で三嶋に会ったことで、それが揺らいできている。

（三嶋が昨日のでき事を、周りにペラペラと話さなきゃいいが。やっぱり口止めをしておくべきかな）

　久原の前ではいつも萎縮し、駄目出しされることにビクビクしている三嶋だが、他のスタッフとは笑顔で話していて人懐こい印象だ。世間話のついでに昨日のでき事について話してしまう可能性は、大いにある。

だが必要に迫られなければ人と話したくない性分の久原にとって、自分から昨日のことを蒸し返すのは気が重い。

そのため、久原は朝から三嶋と目を合わせないように気を配っていた。しかしときおり彼女の視線を強く感じる瞬間があり、何ともいえない居心地の悪さをおぼえる。

(あいつ、チラチラこっちを見すぎじゃないか？　手元の仕事に集中しろよ)

注意したいが藪(やぶ)をつついて蛇を出す展開になりかねず、久原の中でじりじりとフラストレーションが溜まっていく。

クライアントにメールの返信をしたり、部下から上がってきた仕事に目を通したり、自分が受け持っている案件のコーディングをしたりとやることは尽きないものの、どこか気もそぞろになっている感じが否めない。

気がつけば、時刻が正午十分前になっていた。やりかけの仕事のバックアップを取った久原は、ため息をついて席から立ち上がる。ビルの一階にあるカフェまで行って、コーヒーをテイクアウトしてこようと考えていた。

(午後は東京とのオンライン会議があるし、D社と連絡も取らなきゃいけない。昼飯を外で食ってる時間はないから、カフェでサンドイッチでも買ってくるか)

行きつけのカフェでブラックのコーヒーとバゲットサンドを購入し、オフィスに戻る。昼時ともあって、廊下ではランチに出掛ける部下たちと何度もすれ違い、そのたびに

「お疲れさまです」と挨拶された。このあとの仕事の段取りをあれこれ考えながら歩いていた久原は、ふいに目の前に立ちはだかる人物に気づき、驚いて足を止める。

一体誰だと思いながら視線を上げると、そこにいるのは三嶋だ。思わずギクリとする久原に対し、彼女がこちらを見上げながら問いかけてきた。

「支社長、朝からわたしのこと、避けてませんか」

「……何のことだ」

「こっちが視線を向けても、頑なに目を合わせようとしませんよね。それってやっぱり、昨日のことが原因ですか」

事情を知らない人間が聞けばあらぬ誤解をしそうな言い回しに、久原は内心焦りをおぼえる。

咄嗟に周囲を見回し、知っている人間が近くにいないのを確かめながら、ひそめた声音で言った。

「おい、おかしな言い回しはやめろ。まるで俺と三嶋のあいだに何かあったみたいだろ」

「そう言っても語弊はないと思うんですけど。だって支社長は、昨日――」

「わかった。ちょっと場所を変えよう」

三島の言葉を遮った久原は、彼女を人気のない非常階段のほうに促す。

そして気まずさを感じつつ振り返ると、三嶋が口を開いた。

「――支社長って、お坊さんだったんですね」

「…………」

「昨日、お祖母ちゃん家の仏間で読経している姿を見たときは、びっくりしました。最初はすごくいい声のお坊さんだな、有髪なんて珍しいな、でもどっかで見たことがあるような気がするんだけどなって思ううちに、じわじわと『もしかして、支社長？』っていう疑問が湧いてきて」

彼女の大きな瞳は純粋な好奇心で満ちていて、久原はため息交じりに告げる。

「確かに俺も、驚いた。一周忌で集まった檀家の家族の中に、なぜか見知った顔が紛れ込んでるんだから」

「お互いに目を丸くしましたもんね」

三嶋が我が意を得たりという顔で前のめりに食いついてくるのを、久原は片方の手を突き出して抑える。そして周囲の様子を窺(うかが)いながら、慎重な口調で告げた。

「お前、昨日のことを会社の連中に軽々しく話すなよ」

「えっ、どうしてですか？」

「知られたくないんだよ、俺が僧侶だってことを」

この会社で働く前に在籍していたデザイン事務所では、久原が僧侶の資格を持っていることを上司が飲み会の席で勝手にばらしてしまい、他の社員たちから「ちょっとお経を読んでみて」「うちも真言宗だから、祖母の命日にただで読経をお願いしてもいいかな」などと言われて不快になった。

今でこそウェブデザイナーを本業としている久原だが、僧侶の仕事をおろそかにしたことは一度もない。自分なりに真剣に取り組み、得度するまで本山で厳しい修行にも耐えてきただけに、面白半分に話題にされることに我慢がならなかった。

するとと久原の言葉を聞いた三嶋が、少し考えて言う。

「なるほど、支社長は自分がお坊さんだってことを、周りには知られたくないんですね」

「そうだけど、何だよ、持って回ったような言い方をしやがって」

「支社長もご存じのとおり、わたしって結構そそっかしいんです。だから世間話で、周りの人についポロッと話してしまう可能性は否定できないなーって思って」

口調こそ真剣に悩んでいるようであるものの、その瞳はキラキラと輝いていて、久原は苦々しい気持ちになる。

思わず舌打ちをしながら、頭ひとつ分低い彼女を見下ろして問いかけた。

「……一体何が望みだ」

本当は三嶋の言うことを聞いてやる必要は、欠片もない。「他言しないでほしい」と言っている内容をわざわざ周囲に話すなら、それはモラル的に問題のある行動だ。

しかし人の口に戸は立てられず、結局は相手の善意に任せるしかない。ならばなるべくこちらの意に沿ってもらえるよう、ある程度下手に出ることは必要だと久原は考えていた。

すると三嶋が、思わぬことを言う。

「――じゃあ支社長、もっと愛想よくしてください」

「へっ?」

「支社長、いつもむっつりしてて威圧感がすごいんです。言葉遣いも愛想がないし、少しは改善してほしいなって」

彼女の申し出は、正直意外だった。

てっきり「どこか高い店に食事に連れていってほしい」という感じかと予想していただけに、久原は肩透かしを食う。しかしこちらを見つめる三嶋の表情は真剣そのもので、純粋にそれを求めているのが伝わってきた。

しばらくその顔を観察していた久原は、頭の片隅で考える。

(多少愛想をよくするだけで俺が僧侶である事実を黙っていてくれるなら、安いもんか。会社以外で会って、埋め合わせをする必要もないわけだし)

確かに普段の自分はまったく愛想がなく、部下たちから遠巻きにされているのも知っている。

社長である西村からは「社内でコミュニケーションを取るのは、クライアントと意思疎通するのと同じくらいに必要なことだから、たまには雑談とかしろよ」と常々注意されていた。

久原は小さく息をつき、三嶋を見下ろして答えた。

「……わかった。三嶋の言うとおり、少しは愛想よくするように努める」

「本当ですか?」

「ああ。その代わり、お前は俺に関する事柄をべらべら喋（しゃべ）るなよ」

「はい、了解です」

＊　＊　＊

カップに入ったホットコーヒーとサンドイッチらしき紙袋を持った久原が、オフィスの方向に去っていく。

その後ろ姿を見送りつつ、知紗はたった今彼としたやり取りを反芻（はんすう）していた。

（ついに言っちゃった。支社長、わたしにあんなこと言われて気を悪くしてるかな）

月曜である今日、出勤したあとでいつになくそわそわしていたのは、昨日のでき事があったからだ。

昨日、田舎の祖母の家まで法事で出掛けた知紗は、そこで久原と遭遇してしまった。法事の席では直接言葉を交わす時間はなかったが、会社では必ず話す機会があるはずで、昨日のことを聞いてみたい。

そう思い、チラチラと様子を窺っていたものの、彼は不自然なまでにこちらと視線を合わせようとしなかった。

（もしかして支社長、わたしのこと避けてる？）

同じ職場に勤める人間として、昨日のでき事について話すのは何ら不思議はないと思うが、どうやら久原は〝なかったこと〟にしたいらしい。

それにじわじわと不満を募らせた知紗は、昼休みに外から戻ってくる彼を待ち伏せ、話しかけた。久原は渋々ながら話し合いに応じ、知紗に対して意外なことを言った。

(「僧侶であることを周りに知られたくない」なんて、一体どうしてだろ。すごく立派な職業なのに)

昨日、祖父の一周忌法要で彼の読経を聞いた知紗は、すっかり感心してしまった。

低く深みのある声は朗々と響き、よどみなく発せられる言葉の抑揚のつけ方やリズムが心地よく、いつまででも聞いていられる。しかも説法にも説得力があって、普段の会社での不愛想な姿とは違い、とても新鮮だった。

自分だけではなく、他の親戚たちも「声がいい」「普段は会社勤めをしてるなんて勿体(もったい)ないね」と語っていたため、誰もが感心するほどの僧侶ぶりだったということだろう。

だが久原の苦々しい表情には、副業について知られてしまったばつの悪さがにじんでいた。それなのに「自分はそそっかしいから、うっかり他の人に話してしまうかも」などと言ってしまったのは、少々意地悪が過ぎたかもしれない。

(でも……)

知紗がそんな発言をしたのは、「チャンスだ」と思ったからだ。

常日頃から久原の対応にビクビクしていた身としては、これを機にぜひ愛想のなさを改善してもらいたい。図らずも彼の弱味を握る形になったのは、交換条件を提示する絶好の機会だ――そう考えていた。

(何だかんだ言っても受け入れてくれたんだから、結果オーライかな。かなり嫌そうな顔をしてたけど)

久原が「周りの人間に喋るな」と言うからには、何も話す気はない。

だがこれをきっかけに彼の態度が柔らかくなるなら、それはとてもいいことだ。そんなふうに考えながら、知紗は昼食を買いに隣のビルにあるコンビニまで出掛ける。

サラダうどんと飲み物を買って帰ると、向かいの席に座る加納がお弁当箱をしまいながら言った。

「ご飯を買うだけにしては、ずいぶん遅かったのね。私はもう食べ終わっちゃった」

「あ、ちょっと廊下で知り合いと話してて」

そんなふうに誤魔化しながら久原の席をチラリと窺うと、彼はサンドイッチを頬張りつつパソコンのモニターを見ている。

その顔は普段と何の変わりもないように見え、知紗は「まあ、そうだよね」と考えながら急いで昼食を済ませた。

そして午後一時から取りかかったのは、先週の金曜日に食らったコンセプト案のリテイクだ。久原から「三嶋のコンセプトは、軸にブレがある」と指摘されたもので、今日の終業までに再提出を求められていた。

ウェブデザイナーがデザインを作る際、最初に確認するのは、ターゲットと用途、シチュエーションだ。ターゲットは〝サイトを閲覧する者〟で、利用者の年齢と性別、地域や職業などを想定し、それに合わせてデザイントーンやUIを決める。

用途は〝サイトをどのように使うか〟で、商品や企業のイメージアップだったり、サービスの紹介であったり、投資家に向けた経営や財務状況の発信だったりと様々だ。用途が変わればアプローチの仕方も変わるため、それにマッチしたサイトをデザインしなければならない。

そしてシチュエーションは、サイトがどういう状況で見られるか、見るデバイスはパソコンなのかスマートフォンなのかでデザインの方向性に違いがある。

他にも、企業のイメージを逸脱していないか、クライアントの要求を取り入れられているかなどを考えつつコンセプトを練り直し、デザインのラフ案を仕上げた知紗は、夕方にプリントアウトした書類を久原に提出した。

「支社長、M社さんのコンセプト案を練り直しましたので、チェックお願いします」

「ああ」

作業の手を止めた彼が、受け取った書類に目を通す。

何度経験しても、この待っている時間は緊張で胃が縮こまり、ひどく落ち着かない。大抵はこちらにジロリと視線を向けて、立て板に水のごとき口調で駄目出しされるため、苦行と言ってもよかった。

するとしばらくして椅子に背を預けた久原が、紙面から目を離さないまま言った。

「前回に比べて、だいぶよくなった。わかりやすくて目的が達成できそうなデザインだ。方向性は合ってる」

「ほ、本当ですか？」

思いのほかすんなり修正が通り、知紗はパッと目を輝かせる。彼が頷いて答えた。

「だが文字と余白周りは、若干改善の余地ありだな。タイポグラフィとスペーシング、写真の扱いなどは、もう少しブラッシュアップしろ」

そこまで話した久原が、ふと口をつぐむ。

彼は一瞬何か躊躇うような顔をしたものの、やがて小さく咳払いし、ボソリと付け加えた。

「――きちんとこちらの意図を汲んだ修正を期日までにできるのは、三嶋のいいところだと思う。だが俺の考えを一方的に押しつける気はないし、会社の方針としてはデザイナーそれぞれのオリジナリティを大事にしたい。まずは指示どおりやってみて、もし納得できないなら意図だけ汲んで他の方法を試すというやり方をしてもいい。心に留めておいてくれ」

「は、はい」

いつになく丁寧な答えが返ってきて、知紗は面食らいつつ自分の席に戻る。

しばらく経ったところで、もしかするとあれは今日の昼に自分がした〝お願い〟のせいかもしれないと思い至った。

（そうだよ。わたしが「もっと愛想よくしてください」って言ったから、支社長はあんなふうに答えてくれたのかも）

うれしさと気恥ずかしさがない交ぜになった気持ちがこみ上げ、知紗はじんわりと頬を赤らめる。

いつもなら「ここが足りないからブラッシュアップしろ」で終わるところを、わざわざこちらの数少ない長所を褒めて、上司としての考えを聞かせてくれた。その事実に心が浮き立ち、もっと褒められるように頑張ろうというやる気が湧いてくる。

その日を境に、久原の態度は以前より幾分柔らかくなった。知紗に対してだけではなく、他の社員たちにも通常の指示以外に一言ポジティブな文言を付け加えるようになり、皆ヒソヒソと噂（うわさ）している。

「最近の支社長、何か変わったと思わない？」

「あー、わかる。ちょっと優しくなったよね」

久原の変化は社員たちも悪い気はしないようで、その理由を知っている知紗はこそばゆい気持ちになる。

（社内の雰囲気がよくなったし、結果的によかったのかな。前のピリッとした緊張感も悪くはなかったけど、前向きな言葉をかけられたほうが絶対気分いいもんね）

そんなことを思いながら書架に参考書籍をしまいに行こうとした知紗は、途中で男性社員に呼び止められる。

「三嶋、それしまうなら、これも一緒に持ってって」

「あ、私のも」

分厚い画集やデザインの専門書を次々に渡されてしまい、知紗は重たいそれらを抱えて書架に向かう。そして決まった位置にしまおうとしたものの、高いところになかなか手が届かず、必死につま先立ちで手を伸ばした。

すると次の瞬間、背後から伸びた手が本をつかみ、難なく所定の位置に収納する。驚いて振り返ると、そこにいたのは久原だった。

「何で三嶋が、一人でこんなに大量の資料を片づけてるんだ」

彼の問いかけに、知紗はしどろもどろに答える。

「あの、わたしが参考に使ったものをしまうついでに、他の人のも片づけていて」

「使ったものは、本人が責任を持って片づけるルールだろう。あとでスタッフたちに注意しておく」

言いながら久原が片づけを手伝ってくれて、知紗は慌てて言った。

「し、支社長、わたしがやりますから」

「いいよ。二人でやったほうが早いし、お前も暇なわけじゃないんだし」

隣に立つ彼は背が高く、ボタンを二つほど開けたシャツから垣間見える喉元に仄（ほの）かな色気を感じる。

きれいな鼻筋とシャープな輪郭が印象的な横顔、男らしく適度な厚みのある体型がよくわかり、知紗の頬がじんわりと熱くなった。

（……こんなに間近に立つことって滅多にないから、何だか意識しちゃう。支社長って、本当に背が高いんだな）

「――三嶋」

「は、はいっ？」

突然呼ばれたことに驚いて心臓が跳ね、返事をする声がひっくり返る。

すると久原が、こちらをまじまじ見つめて言った。

「何だその声、ビビりすぎだろ」

「……っ、すみません」

思わず謝罪する知紗に、彼がおもむろに腕を伸ばしてくる。

久原の手が髪に触れてきて、予想外の接触に身体がビクッと震えた。そうっと視線を上げると、彼の手には小さな付箋がある。

「頭に付箋が付いてた。一体どうしたらこんなところに付くんだ」

「えっ、ど、どうしてでしょう」

逆に問い返す知紗を見た久原が、呆（あき）れた顔になった。

彼は髪に付いていた付箋を知紗の手のひらに落とし、探していたらしいデザインの専門書を左手に持ちながら言う。

「M社の案件だけど、トーン&マナーとレイアウト、プレゼン用に最低でも三パターンは

用意しておけよ。シンプルなデザインでも、考えられるケースを熟考した上でのものなら、説得力が違う。事前に充分な準備ができていないと、クライアントの意見ひとつでデザインがブレるからな。たとえ何かを言われてもすぐに修正したり、代替案を出せるようにしておけ」

「わかりました」

久原が去っていき、知紗は一人その場に立ち尽くす。

今週の月曜日に話をして以降、彼の態度には明らかに変化があった。以前よりも幾分とっつきやすくなったものの、ふいに話しかけられるとビクッとしてしまう癖が抜けず、そんな自分の気の小ささが嫌になる。

（……そういえば、明日は土曜日だっけ）

普段ならダラダラしているうちに過ぎていく休日だが、これからしばらくのあいだは予定が詰まっていた。自分的には進んでそうしたいわけではなく、成り行きで決まってしまったことだが、もう仕方がないのだと諦めている。

知紗は自分の席に戻りながら、何気なく久原の席に視線を向ける。そして専門書をめくっている彼の姿を見つめ、すぐに目をそらすと、明日の予定にじっと思いを馳(は)せた。

第三章

中ノ町は周囲を山に囲まれ、湧水がある自然豊かな集落だ。

農家を営む者がほとんどで、小さな商店街を抜けると道の両側に見渡すかぎりの畑が広がる。近年は若者のほとんどが都会に行ってしまい、残っているのは老人ばかりだった。高層ビルは一切なく、昔ながらの造りの家が並ぶ中に、古刹(こさつ)の彩樂寺はある。

土曜日の午前十一時、住居スペースの居間にいた久原はノートパソコンに向かい、檀信徒(だんしんと)管理の名簿チェックと会計処理に勤しんでいた。キーボードを叩(たた)きながら、久原は父親に向かって告げる。

「親父、先月前半の伝票がないぞ」

すると父親の良信(りょうしん)が茶の入った湯呑(ゆのみ)を置き、のんびりと答えた。

「英俊の部屋にあるかもしれんな。どれ、ちょっと見てこよう」

立ち上がり、息子の部屋へと向かう彼は、齢六十八だ。

数年前に心臓を悪くしてからというもの、めっきり体力が落ちてしまっていた。住職の座は長男の英俊に譲ったものの、その彼が交通事故で入院した今、急遽(きゅうきょ)仕事に復帰している。

かつて事務関係を担当していた母親は既に亡く、現在は父と兄が手分けをしてやっているというが、二人ともそうした仕事が苦手なのか帳簿は穴だらけで、朝の十時にここに到着した久原は渋面で修正作業をしていた。

（このあとは、山田さんと早川さんのところの月参りか。庭の雑草も抜かなきゃいけないし、樹木の剪定もあるから、ハードだな）

僧侶の仕事はそれだけではなく、朝昼晩の勤行と本堂の掃除、墓地の見回り、法事の申し込みの対応など多岐に亘る。

お墓に関しての問い合わせや日常生活の悩み事などを相談しに来る者も多く、何かをしていても途中で手を止めなければならない。平日のウェブデザイナーの仕事に加え、土日の二日間に地元に帰って僧侶をするのは、なかなか大変だ。

かなりのスピードでキーボードを叩きながら、久原は父に問いかける。

「兄貴の具合はどうなんだ。退院の目途は立ったのか？」

「髄内釘を入れる手術は終わったが、歩けるようになるまではまだ時間がかかるらしい。右手首も骨折しているし、あと一ヵ月はみてくれと言われたよ」

「……一ヵ月か」

あと四週もこの生活が続くと思うと、疲労感が増す。

だが彩樂寺は地域と密接に関係していて、日々の業務は父一人では手に余るものだ。かって取得していた僧侶の資格はこういうときにこそ生かされるべきで、檀家には「法要などがある場合は、次男が戻ってくる週末にしてほしい」とアナウンスしていた。久原のことを覚えている者は多く、有髪でも好意的に受け止め、何かと父のことを気にかけてくれているのがありがたい。

入力した数字に誤りがないかチェックしていた久原は、ふと先週のでき事を思い出す。ここから徒歩五分ほどのところにある柏原家で行われた一周忌法要で、会社の部下である三嶋知紗に遭遇したのは、先週の日曜日の話だ。

その翌日に法事の話を蒸し返されたときは、正直厄介なことになったと思った。だが久原が僧侶であることを黙っている代わりに彼女が提示した条件は、意外なものだった。

（三嶋の要望が〝もっと愛想よくしてください〟っていうのは、かなり予想外だったな。まあ、普段の俺がそれだけ淡々としてるんだろうが）

三嶋いわく、久原は「いつもむっつりしていて、威圧感がすごい」らしい。それを改善してほしいというのが彼女の要望で、久原は渋々了承した。

何事も簡潔に用件のみを伝える主義の久原は、初めのうちは事務的な伝達事項以外に一言付け加えることに心理的な抵抗があった。しかしいざ口に出してみると三嶋はびっくりしたように目を見開き、しばらくぼうっとしていた。

試しに他の社員たちにも実践してみると、誰もがモチベーションが上がったように見え、久原はコミュニケーションを取る必要性をまざまざと感じていた。

（話し方ひとつで、こんなにも相手の反応が変わるとはな。俺はこれまで、人の上に立つ自覚が欠けていたのかもしれない）

冷静に考えれば、ニコリともせずに淡々と駄目出しされるより、いいところを褒められたり気持ちを尊重する姿勢を見せられるほうがうれしいのだとわかる。

今までは仕事の効率を考えて要点のみを話すようにしていたが、それは相手にとってストレスだったということなのだろう。

（人として、全然なってない。檀家の前で偉そうに説法をしてるが、俺自身まだまだ未熟者だ）

久原はため息をつき、事務仕事を一段落させる。

それから昼食を取り、スクーターに乗って檀家の月参りに出掛けた。月命日に仏前で読経することをいうが、この辺りは田舎のせいか信心深い人が多く、毎月呼んでくれる家が多い。

外はすっきりと晴れ渡り、初夏の強い日差しが辺りに降り注いでいた。通りに面した住宅の庭ではムクゲが淡い紫色の花を咲かせ、サルスベリも蕾（つぼみ）をつけている。緑の葉を生い茂らせる樹々は陽光を反射し、目にも鮮やかだった。

予定していた二軒の月参りを終えた久原は、寺に戻ろうとする。スクーターを運転していると、ある家の門から出てきた人物が「あっ」と声を上げた。

「支社長、こんにちは」

「……っ」

思いがけない呼び方をされ、驚いた久原は慌ててブレーキをかける。

ヘルメットを被ったまま振り返ると、そこに立っていたのは三嶋だった。久原は唖然として問いかけた。

「お前、何でまたここにいるんだ」

「何でって、祖母の家に用事があるからですけど。こうして会社以外の場所で会うの、何だかすごく新鮮ですね。支社長、お坊さんの恰好をしてますし」

彼女は再びこの地で会えたことがうれしいのかニコニコと屈託なく、久原は何ともいえない居心地の悪さをおぼえる。すると三嶋の後ろから、小柄な老女が顔を出した。

「まあ、明慶さん。お勤めご苦労さまです」

「ああ、どうも。先週はありがとうございました」

先週、亡き夫の一周忌法要を彩樂寺に依頼した柏原シズを前に、久原は合掌して挨拶する。

それを見た三嶋が、感心した顔で言った。

「そうやって手を合わせて挨拶するの、いかにもお坊さんって感じですね。支社長、お名前は明慶さんっていうんですか？」

「……っ」

二人きりならいざ知らず、檀家の老女を前にぞんざいな口を利くわけにはいかない久原は、顔を引き攣らせて気まずく押し黙る。そんな二人を見たシズが、戸惑った様子で言った。

「知紗、あんた明慶さんのこと、〝支社長〟って……」

「わたしが働いてる会社の、上司なの。先週の法事のとき、この家で見覚えのある人がお経を唱えてるから、びっくりしちゃった」

シズが「あら、まあ」と目を丸くし、小さな身体で深々と頭を下げてきた。

「うちの孫がお世話になっているのに、ご挨拶もなく申し訳ありません。まさか明慶さんとこの子がお知り合いだなんて」

「いえ、お気になさらず」

彼女は顔を上げ、久原を自宅へと誘った。

「せっかくですから、うちでお茶でもどうぞ」

「しかし……」

どうにか辞退しようとした久原だったが、「ついでにうちの仏壇に、お経を上げてほしい」と言われると、断れない。

仕方なく玄関に向かい、草履を脱いだ。

「お邪魔いたします」

中は典型的な田舎の家の造りで、居間の周りを和室がいくつも連なっている。

奥へと進んだ久原は、まずは一礼して仏壇に線香を上げた。月参りで唱えるのは、〝仏前勤行次第〟というお経だ。開経の言葉である開経偈、懺悔の言葉である懺悔文、三帰・三竟・十善戒と続き、最後に発菩提心真言と三摩耶戒真言を唱えるという構成になっている。

約二十分ほどの読経を終えた久原は、小さく息をついた。すると後ろで正座していたシズが立ち上がり、「こちらでお茶をどうぞ」と勧めてくる。

やがて運ばれてきた玉露の茶碗を手に取り、久原は礼を述べた。

「いただきます」

緑茶を啜りつつ、久原はテーブルの右側に座る三嶋のキラキラした視線を意識し、ひどく落ち着かない気持ちになる。

先週に続き、またもやこの地で顔を合わせてしまったのは、完全に予想外だ。どうやらこの家の中にはシズと彼女しかいないようで、わざわざ訪ねてきている理由がわからない。

シズが口を開いた。

「知紗の仕事は何だっけね。確かコンピューターを使うものだったか」

「うん、そう。パソコンを使ってする仕事なんだけど、支社長はわたしの上司で、業界では有名なウェブデザイナーなの」

三嶋が仕事の内容をかいつまんで説明するが、シズにはあまり理解できていないらしい。

だが久原がすごい人物だという部分は伝わったらしく、感心した顔でこちらを見た。

「明慶さんが都会で働いてるとは聞いていたけど、そんなにすごい人だとはねえ。良信さんも鼻が高いでしょう」

「どうでしょうか。父は次男である私を好きにさせてくれていますが、仕事の内容までは詳しく知らないと思います」

久原は「ところで」と続け、三嶋に問いかけた。

「三嶋はどうしてここにいるんだ？」

「あ、わたしは祖母のお手伝いに来てるんです。この家の断捨離をしたいみたいで」

「断捨離？」

——事の発端は、先週の一周忌法要だったという。

食事会の終盤、世間話の流れでシズが「近いうちにこの家を処分し、老人ホームに入ろうと思う」「そのために不要な家財道具を断捨離したいから、誰か手伝ってくれないか」と言い出した。

親戚たちはその意見に賛成だったものの、「誰が断捨離を手伝うか」の話し合いになった途端、互いに仕事を押しつけ合った。

『清美はよくこの家に遊びに来てるんだし、手伝ってあげればいいだろう』

『あら、私は駄目よ。週の半分はパートがあって、義父の様子も見なきゃいけないんだもの。腰も痛いし』

『でも俺や直子(なおこ)は、ここまで来るのに二時間近くかかるしなあ』

そのとき一同の視線が三嶋の弟の譲に向けられ、清美が言った。

『譲くん、もう企業の内定をもらってるんだから時間があるでしょ。若くて力もあるし、お祖母ちゃんの手伝いをしてあげなさいよ』

『えっ、無理だって。ほぼ毎日バイトを入れてるし』

　彼は「それに」と急いで付け加えた。

『俺、ここまで来る足がないからさ。だって自分の車を持ってねーんだもん。姉ちゃんならいいんじゃね？』

　かくして三嶋に白羽の矢が立ち、毎週末に祖母宅まで来て断捨離を手伝うことになったらしい。彼女が笑って言った。

「だから支社長とは、これからちょこちょこ会うかもしれませんね。だって近くですし」

　シズがお布施の入った封筒をお盆に入れて差し出してきて、久原はそれを受け取る。そして玄関で草履を履き、柏原家をあとにした。

「では、失礼いたします」

「ご苦労さまでした」

　一礼して外に出て、スクーターに歩み寄った久原だったが、背後から「支社長」という声が響く。

　振り返ると、三嶋が追いかけてきていた。

「……三嶋」

「今日は読経、ありがとうございました」

「いや。仕事だから、礼には及ばない」

わざわざ礼を言いに出てきてくれたのかもしれないが、お布施をもらっているので充分だ。

そう思いながら久原がスクーターに跨り、ヘルメットを被ったところで、彼女が「あの」と言った。

「支社長が週末に地元でお坊さんをしてること、わたし、他の人に話していません。このあいだは『黙っている代わりに』ってこっちの要望を押しつけてしまいましたけど、これからも許可なく言いふらす気はありませんから」

久原は虚を衝かれ、三嶋を見る。

彼女に家業について知られてしまったとき、久原は面倒なことになったと考えていた。どうせ自分が口止めしても、言う奴は言う――そんなふうに思っていたのに、こちらを見つめる三嶋の顔は真剣そのものだ。

しばらく黙っていた久原は、やがて小さく笑う。そして彼女に向かって言った。

「わかった。お前はそういうことをする人間じゃないって、信じる」

「えっ……」

「柏原さんの家に通うのは、土日か？」

久原の問いかけに、三嶋が頷いて答える。

「はい。そのつもりですけど」

「平日は仕事をしてるんだから、無理せずにどちらかの日は休め。身体を壊したら元も子もないだろ」

　そんな言葉を聞いた彼女は、戸惑ったようにつぶやく。

「でも支社長は、土日の両方来てるんですよね」

「兄貴が不在で、親父に無理をさせられないからな。俺のことはさておき、いくら若くても無理すれば体調を崩すぞ。それで本業に差し支えるのは無責任だろ」

　するとその言葉を聞いた三嶋が、頷いて言った。

「わかりました」

「じゃあな」

　スクーターのエンジンをかけ、寺に向かって走り出す。

　わずか数分で到着し、定位置に停車させた。そして中に入り、父親に向かって告げる。

「山田さんと早川さんのところの月参りに行ってきた。それと途中で柏原さんに会って、そこでも読経してきたから。これがお布施だ」

「おお、ご苦労さん」

　父がお布施の入った封筒を受け取り、簡易金庫にしまう。

　早速帳簿に入力するためにノートパソコンを開きながら、久原はふと微笑んだ。

（……これまであいつには〝うっかりミスが多い〟っていう印象しか抱いてなかったが、わりと素直で裏表がないタイプなんだな）

　会社でしか接点がなかったときは、ここまで三嶋について知る機会はなかった。

仕事ではないという開放感があるからか、先ほどの彼女はいつもようにビクビクしておらず、生来の明るさが前面に出ていた。祖母想いの部分や人懐っこいところは好感が持て、何より人の秘密を言いふらすタイプではないとわかったことが、久原の心を少し軽くしている。

「どうした、珍しく機嫌がよさそうな顔をしてるが、何かあったか？」

ふいに父親にそう問いかけられ、久原は我に返る。

何かあったかと言えばあるし、ないと言えばない。わざわざ人に話す必要もない、些末(さまつ)なでき事だ。そう考え、口元にうっすら笑みを浮かべた久原は、パソコンのディスプレイに向き直りながら答えた。

「――何でもない」

＊＊＊

六月最後の週末である今日、空は青く澄み渡り、夏を思わせる強い日差しが照りつけている。

辺りには小鳥の囀(さえず)りが聞こえ、植栽の花の周りにモンシロチョウがひらひらと飛んでいた。門のところに立ち尽くしていた知紗は久原が去っていったばかりの往来を見やり、ぶわっと顔を赤らめた。

（何あれ。支社長って、あんなふうに笑うの？）

いつもクールな顔で要点しか言わず、強面と言っていい上司の彼だが、笑うとあんなにも柔和な印象になるとは思わなかった。

弟の譲から無責任に断捨離の手伝いを押しつけられた知紗は、当初それを断るつもりでいた。確かに土日は休みだが、溜まっている家事をこなしたり、仕事に関する勉強をしたりと、決して暇ではない。高速道路を使って往復二時間弱という移動も、正直きつい距離だ。

しかし大好きな祖母に「お願いしてもいいかねえ」と言われると、無下にはできなかった。母親から「ガソリン代と高速道路のお金は出してあげる」と言われたのも後押しし、知紗は祖母宅の断捨離を承諾した。

（片づけ終わるまで、一体どれくらいかかるかな。ざっと見たかぎり、かなり物が多いし）

週に一度、二日間というサイクルで来ても、一ヵ月以上はかかるだろうか。

この中ノ町に来れば久原と顔を合わせるかもしれない可能性については、最初から頭にあった。何しろ祖母の家から彩樂寺までは徒歩五分ほどしか離れておらず、目と鼻の先だからだ。

そんなことを思っていたら案の定、家の前の道でスクーターに乗った彼を見かけ、知紗は思わず声をかけてしまった。今日の久原は法事のときのような豪華絢爛な袈裟は着けておらず、黒無地の法衣姿で、金色の略袈裟を首から掛け、端整な顔立ちによく似合っていた。

（……恰好いい）

知紗に気づいた彼は一瞬嫌そうな顔をしたものの、檀家である祖母の前では丁寧な態度を取った。

そして仏前で読経をしたが、やはり聞き惚れるくらいにいい声をしていた。経を読んでいたのは二十分ほどだったが、終わってしまうのを残念に思ったくらいだ。

（元々いい声だと思ってたけど、お経になるとますますそう感じるんだよね。会社でわたしだけが知ってるなんて、何だか勿体ないな）

しかし久原が僧侶であることを周りに知られたくないと考えている以上、迂闊にペラペラと話すわけにはいかない。

おそらくこちらに知られてしまったことは、彼にとってストレスになっている――そう思った知紗は、久原を呼び止めて「秘密については誰にも話していないし、これからも話すつもりはない」という自分の意思を伝えた。

すると彼は微笑み、「お前はそういうことをする人間じゃないと信じる」と言ってくれた。初めて久原の笑顔を見た知紗は、先ほどから胸が高鳴って仕方なかった。

（支社長、いつもは淡々としてるのに、笑ったらあんなに優しい顔になるんだ。……何だか意外）

ほんのりと心を浮き立たせながら、家に戻る。

そして昼食後に早速断捨離を始めたものの、築五十年の家は無駄に広く、それぞれの部屋に物がひしめいていて、すべてを片づけるのは前途多難だった。

ひとつひとつの品物を手に、祖母に必要なものかどうかを聞きながら物を分別していくが、「そういえば、これはね」と昔語りが始まってしまい、なかなか先に進まない。しかも近所の人が果物などのお裾分けに来ては、雑談を始めてしまう。

「へえ、知紗ちゃんは難しい仕事をしとるんだねえ。たくさん勉強したの？」

「そうですねー。まだまだヒヨッコなので、仕事が終わって家に帰ってからも勉強してます。わたしがいる業界は日進月歩で、どんどん新しいやり方が出てきますから、気が抜けないんですよ」

ウェブデザイナーはサイトの大まかなレイアウトを決め、全体のイメージやキーとなるビジュアルをデザインするが、UI、つまりユーザーインターフェイスと呼ばれる操作性も考慮して設計しなければならず、さまざまな知識を必要とする。

インプットが大事であるものの、日々の業務に追われておろそかになりがちなため、意識して書店に出掛けたり美術館に行くようにしていた。しかしこうして祖母の家に来ていると、それも難しくなる。

（時間の使い方を、少し考えなきゃいけないかな。支社長も「土日のどちらかはちゃんと休め」って言ってたし）

その日は祖母宅に泊まり、翌日は午前中に作業をして、昼過ぎに帰宅した。帰ってからは洗濯や掃除、買い物をこなし、夜になるとへとへとに疲れてしまう。

（わたしでさえこんなに疲労感でいっぱいなのに、支社長は大丈夫なのかな。お兄さんが入院してるって言ってたけど、いつ退院するんだろ）

月曜日の朝、目覚ましのスヌーズ機能で苦労して起きた知紗は、会社に向かう。

自分の席で仕事をしながらそっと久原のほうを窺うと、彼は涼しい顔でパソコンに向かっていた。シンプルな白シャツにジャケットを羽織った姿は、僧侶のときとはまるで違う。黒無地の法衣を着た久原は威厳のようなものが漂い、合掌の仕方や着物の裾を捌く所作がとてもきれいだった。

そのとき彼が眠そうに欠伸をするのが見え、知紗は目を丸くする。

（もしかして、疲れてるのかな。そうだよね、土日で中ノ町に行って帰ってきたら疲れるよね）

するとこちらの視線に気づいた久原がふとばつが悪そうな顔をし、すぐに手元の作業に戻る。

それを見た知紗は、彼にじわじわと親近感を抱いた。

（今までは支社長を怖くて苦手だなって思ってたけど、それがちょっと変わってきた感じ。やっぱり会社以外での顔を知ったからかも）

気づけばそんな気持ちが表情に出ていたらしく、隣の席の持田が声をかけてくる。

「三嶋さん、さっきから楽しそうな顔してるけど、何かいいことでもあった？」

「えっ」

彼が不思議そうにこちらを見ていて、知紗は急いで表情を取り繕う。

「べ、別に何もないよ。どっちかというと、頭を悩ませてる。社内コンペの件で」

株式会社initium(イニティウム)では、三ヵ月に一度の割合で社内コンペが開催されている。

その目的は、個々のコンテンツ制作力や表現力を育成するためだ。自分なりのテーマを決め、それに則ったわかりやすいウェブサイトを作るという趣旨だが、コンペに出すことで講評がもらえる上、最優秀賞は社長から金一封が出る。

しかしそれぞれ抱えている仕事の状況もあるため、参加は自由になっていた。

「社内コンペ、今回は出るんだ？」

持田が意外そうに問いかけてきて、知紗は頷いて答えた。

「わたしは入社してまだ一年二ヵ月で、他の人たちに比べて力不足なのはわかってるよ。今までは『自分にはまだ早い』と思って参加を見合わせてたけど、今回はステップアップのために頑張ろうと思うんだ。他の仕事とのやりくりが大変だけどね」

すると彼は「へえ」と眉を上げて言った。

「すごいね。俺は今抱えてる案件で手一杯で、そこまでのモチベーションを持てないや」

「持田くんは、ひとつひとつの工程へのこだわりがすごいもんね」

知紗と持田は、同期入社だ。

同い年で、互いに前の事務所が微妙に合わなくて転職したところなど、境遇が似ている。

スラリとして細身の彼は癖のないサラサラの髪が印象的で、おしゃれな服装といい、いかにも今どきの若い男性という雰囲気だ。

　性格が明るく人当たりも柔らかい持田とは、入社してすぐに仲良くなった。席が隣ということもあり、仕事の悩みや日常のでき事を気軽に話せる関係となっている。

（……でも、支社長の秘密については話せない。本人が「知られたくない」って言ってることだし）

　そんなことを考える知紗をよそに、彼がマグカップの中のコーヒーを一口飲んで言った。

「三嶋さん、週末はお祖母さんの田舎に行くんじゃなかったっけ。コンペに出る暇あるの？」

「うーん、確かに大変なんだよね。今日も朝、疲れのせいかなかなか起きられなくて苦労したし。でも、土曜日に行って日曜日早めに切り上げて帰ってくれば、何とかなると思うんだ。そのうち身体も慣れるし、田舎に行くのがずっと続くわけじゃないし」

　知紗は「それに」と言葉を続けた。

「せっかくいい会社に入れたんだから、レベルアップできるように頑張りたい。自分のやる気をアピールするためにも、コンペに参加したいと思うんだ。ほら、上手くすれば社長から講評をもらえるかもしれないでしょ？」

「そっか」

　それからしばらく仕事に集中し、疲れをおぼえた知紗はコーヒーを淹れに給湯室に向かう。

給湯室にはコーヒーマシンがあり、社員たちが自由にコーヒーやカフェラテ、ココアなどを淹れられる他、日本茶や中国茶も用意されていて、飲み物がとても充実していた。

給湯室に足を踏み入れると久原がいて、こちらを見て眉を上げる。

「お疲れ」

「お、お疲れさまです」

突然のことに、知紗はしどろもどろになって答える。

彼と言葉を交わすのは、土曜日以来だ。祖母の家で話したときのことを思い出し、何となく落ち着かない気持ちを味わう知紗に、久原が問いかけてくる。

「何を飲むんだ？」

「えっ、あ、カフェラテを」

すると彼がカプセルとカップをセットし、カフェラテを淹れてくれる。

「ほら」と差し出され、知紗は慌てて答えた。

「ありがとうございます」

久原は自分の分を後回しにして淹れてくれたため、すぐに立ち去るのもどうかと思った知紗は、カップを持ったままその場に留まる。

周囲を見回すと人が来る気配はなく、多少は雑談をしても大丈夫そうだった。知紗は小さな声で問いかけた。

「支社長、ご実家のお仕事はやっぱり大変なんですか」

「ん？」

「さっき、欠伸をしてらしたので」

彼はコーヒーマシンのボタンを押しつつ、こちらをチラリと見て小さく息をついた。

「お前な、そういうのは見て見ぬふりをしろよ」

「す、すみません」

久原がコーヒーマシンに視線を戻し、質問に答える。

「実家では、いろいろやることがあるからな。檀家の月参りもそうだし、年回法要や葬式はもちろん、帳簿の入力や作務も」

知紗が「作務？」と問い返したところ、彼はカップに注がれるコーヒーを見つめながら言った。

「ああ。本堂の掃除や庭仕事、仏器磨きのことで、毎日の日課だ。それ以外にも、お盆や彼岸が近くなったら檀家に案内を出したり、寺を訪れる人の話し相手をしたり」

「……大変ですね」

てっきり読経する以外は暇だと考えていた知紗は、自分の想像力のなさが恥ずかしくなる。彼が言葉を続けた。

「あとは朝晩の勤行。こっちにいるときはしていないが、実家に帰ったらさすがにやらないといけない」

「勤行……」

「本尊の前で、三十分ほど読経するんだ」

久原は一旦言葉を区切り、チラリと廊下に視線を向けてつぶやいた。

「……少し話しすぎたな。俺の心配はいいから、お前こそ仕事に集中しろ。他のことにかまけて納期を破ったりするのは、論外だぞ」

「はい。わかりました」

第四章

　都市部にある寺院に比べ、地方の寺は近年厳しい経済状況に置かれている。

　その原因は、過疎化だ。昔に比べて若者が都市部に行きやすくなり、そこで定住して戻ってこないことが増えている。

　現在寺を支えているのは団塊の世代で、彼らが亡くなったあとは檀家（だんか）からの固定収入が激減してしまうのは必然だ。最近は十三回忌や十七回忌といった二桁の年回法要を行う家が少なくなり、お布施という形での収入が減ってきている。

　帳簿を眺め、久原は小さく息をついた。

（寄付や護持会費の値上げをしてほしいが、なかなか話題に出しづらいしな……。どうしたもんか）

　久原が中ノ町に戻ってきたのは約十年ぶりだが、近所をスクーターで走っていると空き家がポツポツと見られた。

　聞けば家主が高齢となり、老人ホームなどに入ったために売りに出しているのだそうだ。

三嶋の祖母もそういう意向だったのを思い出し、久原はふと動きを止めた。

るのか）

（そうか。柏原さんがあの家を処分してホームに入所すれば、檀家がひとつ減ることにな

近頃は田舎にある墓を墓仕舞いし、都会の室内霊園などにお骨を移すことも多いと聞く。寺の将来については父と現住職である兄が考えるべきだが、実家であるために他人事ではない。その父はといえば、訪れた檀家の老人と話しながらのんびり茶を飲んでいた。パソコンを閉じた久原は、老人に軽く合掌して挨拶したあと、軍手とゴミ袋を手に外に出る。

七月初めの週末である今日、予想最高気温は二十八度となっていて、正午に近い今はじわじわと暑くなってきていた。敷地内の草むしりをしながら、久原はこのあとの段取りを考える。

（今日は午後に一件法要の相談があるが、それ以外は予定がない。草むしりが終わったら、備品の買い出しにでも行くか）

近くには小さな商店街があり、都会ほどの品揃え（しなぞろえ）ではなくとも、日常のこまごましたものは最低限揃う。

強い日差しを浴びながら雑草を抜き、久原は三嶋のことを考えた。彼女から祖母の家の断捨離を手伝うと聞いたのは、先週の話だ。月曜日の三嶋はどことなく眠そうな顔をしていて、それを見た久原は「それ見たことか」と思った。

（俺でも週末ごとにこっちに帰るのはきついんだ。無理せず、日帰り程度に留めておけばいいのに）

図らずも地元で顔を合わせてしまい、副業である僧侶の仕事について知られて以来、久原と彼女の関係は微妙に変化した。

どうやら三嶋はこちらの秘密を他言する気はないらしく、以前の職場で嫌な経験をしたことがある久原は、彼女への印象を少し改めた。三嶋が黙っている交換条件として提示したのは「もっと愛想をよくしてください」というものだったが、当の三嶋は久原がちょっとした気遣いを見せるたびにわかりやすくどぎまぎしている。

それがおかしくてつい構ってしまっているが、そんな自分の変化が久原は不思議だった。

(他の社員に見られたら変な誤解をされかねないんだから、個人的な話をするのは極力控えるべきなのに。……何で俺は、あいつに構ってるんだろう)

支社長という立場上、特定の社員と立場を超えて親しくするべきではない。

しかも十人しかいないオフィスなのだから、なおさらだ。そう結論づけた久原は、三十分ほど集中して草むしりに励む。そしてスクーターに乗り、近くの商店街に備品の買い物に出掛けた。

(プリンターのインクと付箋、赤のボールペン。こんなもんだっけ)

檀家である店主と世間話をしながら買い物を済ませ、久原はスクーターで帰宅しようとする。

すると柏原家の前を通りかかったところで、小さな家庭菜園にいたシズが「あら、明慶さん」と声をかけてきた。

「お勤めご苦労さまです。檀家回り？」

「いえ。ちょっと備品の買い出しに」

「そう。来るたびにあれこれお仕事をされて、大変ねえ」

久原が立ち去ろうとしたところ、刈り取ったばかりらしい万能ねぎを手にした彼女が思わぬことを言った。

「用事が済んだのなら、これからうちでお昼でもどうかしら。実は今、知紗が台所に立って料理してくれていて」

「えっ」

「明慶さんには日頃からあの子がお世話になっているんだし、それくらいはさせてもらわないと。さ、どうぞ」

ニコニコしながらそんな提案をされ、久原は慌てて答える。

「しかし、私は……」

「知紗は風変わりな料理を作るんだけど、それが妙に美味しくてね。明慶さんのお口に合うといいのだけど」

シズがそのまま自宅の玄関に向かってしまい、久原は断りきれずにスクーターを降りる。そうしながらも、心には困惑が渦巻いていた。

（他の檀家ならまだしも、ここには三嶋がいる。個人的に親しくなりすぎるのはまずいんだから、断るべきなのに）

玄関に入ると、ちょうど台所から三嶋がひょっこりと顔を出すところだった。

「お祖母ちゃん、万能ねぎ採ってきた？　……あ」

彼女はびっくりした顔でこちらを見つめ、「……支社長」とつぶやく。するとシズがニコニコして言った。

「そこで見かけたから、声をかけたんだよ。『うちでお昼をどうぞ』って」

「あの、柏原さん。急にお邪魔してもご迷惑ですし、私は帰りますので」

久原が急いで進言したものの、シズはまったく意に介さずに答えた。

「迷惑だなんて、とんでもない。ねえ知紗」

「う、うん。まあ」

三嶋が遠慮がちに「どうぞ」と言ってきて、久原は渋々頷く。

「……お邪魔いたします」

家に上がると、中は田舎の家特有の線香と畳の香りが入り混じった匂いがした。開け放された窓から風が通り、心地いい涼しさになっている。久原が仏壇に挨拶をしたあと、居間の座布団を勧めたシズが台所に向かったが、三嶋がヒソヒソと言っているのが聞こえた。

「いきなり連れてくるなんて困るよ。わたしの料理、人に出せるような立派なもんじゃないのに……材料は何とか足りそうだけど」

「そうかね。私は好きだけどねえ」

（……聞こえてるって）

急に邪魔してしまった感は否めず、久原は何ともいえない居心地の悪さを嚙みしめる。

すると三嶋がこちらに顔を出し、「あの」と言った。

「支社長、苦手な食べ物とかありますか？」

「いや、特にない」

「そうですか」

やがて戻ってきたシズが冷たいお茶を出してくれ、しばし雑談に興じる。

「英俊さんの具合はどうかね。事故に遭って入院なんて、大変な目に遭われて」

「お陰さまで折れた脚の手術は無事に終わり、今はリハビリを始めています。痛くても動かさなくてはならないので、だいぶつらいようです」

「まあ、お気の毒に」

兄の英俊は隣町に車で出掛けた際、目の前に飛び出してきた猫を避けようとして電柱に衝突した。

他の車や通行人を巻き込まなかったのは幸いだったものの、打撲と数箇所の骨折という大怪我をしてしまい、入院している。彼は寺の業務の大半を久原に任せるに当たり、電話口でしきりに謝っていた。

（仕方がないよな。腕と脚を骨折している状態では、僧侶として仕事をするのも難しいし）

そうするうちに、三嶋が料理を載せたお盆を持ってやってくる。

テーブルに並べられたのは、色鮮やかな具材が乗った素麺と、小さな丼だった。素麺の上には焼肉とキムチ、きゅうりやゆで卵が乗っており、たっぷりの刻みのりが食欲をそそる。彼女が説明した。

「韓国風の、ぶっかけ素麺です。お肉の味付けは焼肉のタレなので、すごく適当なんですけど。それからこっちは、アボカドのユッケ丼。角切りにしたアボカドに胡麻油と塩昆布、小口切りにした万能ねぎを絡めて、ラー油でちょっと辛味を足しました。上に乗った卵黄と混ぜて食べてください」

「……いただきます」

添えられたタレを黄身の上に垂らし、ご飯と一緒に口に入れる。

するとクリーミーなアボカドに塩昆布の旨味と万能ねぎのシャキシャキ感が合い、ユッケ風のタレと白炒りごまが味のアクセントになっていて、文句なしに美味しい。

ぶっかけ素麺は甘辛味の焼肉とキムチ、きゅうりの歯ごたえがマッチして、どんどん食が進む味だった。口の中のものを飲み込んだ久原は、思わずつぶやいた。

「……美味い」

「本当ですか？」

三嶋がパッと目を輝かせて言った。

「よかった。わたし、こういうちょっとジャンクな料理しか作れなくて。いつも手早さと思いつきで料理してるんです。お祖母ちゃんは喜んでくれるんですけど」

「アボカドとかキムチは、自分でわざわざ買って食べないからねえ。私みたいな年寄りは、こういう料理が珍しいし美味しくって」

　確かに正統派のきちんとした料理ではないが、彩りがきれいでデザイナーらしい感性が窺え、味付けには普段から自炊しているであろうこなれ感がある。

　久原は素麺を飲み込み、少し考えて言った。

「三嶋はこういう自由な感じを、もっと仕事で出したほうがいいんじゃないか」

「えっ？」

「いつもクライアントの意向から外れないよう、ＲＦＰに忠実であろうとするあまり、冒険せずに堅実なものを出してくるだろ。それはお前の持ち味をだいぶ抑えていると思う」

　ＲＦＰとは、〝提案依頼書〟だ。

　企業のサイトをリニューアルする場合、事前に担当者からヒアリングをして提案の雛型を作る。そしてそれに沿いながら具体的なコンセプトを詰めていくが、三嶋は相手先のさまざまな部署からの意見を尊重しすぎてしまい、仕上がりが凡庸になったり、ちぐはぐになっていることが何度かあった。

（判断基準がバラバラな意見を全部取り入れても、いいものにはならない。だからデザイナーなりのブラッシュアップが必要なんだが、三嶋はクライアントの反発を恐れて無難にまとめようとしている。……過去のポートフォリオでは、あんなに伸び伸びしてたのに）

　中途採用の面接の際、過去に作った作品を参考資料として見せてもらったが、彼女の作品は瑞々しい感性に溢れていた。

しかし入社した途端、三嶋は先輩社員たちに気後れしたのか、本来の力を上手く発揮できないでいる。久原の言葉を聞いた彼女が、首を傾げて言った。

「わたしの持ち味って、一体何でしょう。自分ではよくわからなくて」

三嶋の疑問に、久原はお茶を一口飲んで答えた。

「そうだな。スキルに関してはよく勉強してるし、マーケティングセンスがあるから、トレンドに合わせたものを作れるところが三嶋の長所だと思う。でも、そうやって旬のデザインに寄せられる力があるのに、変に周りの意見に左右されて落としどころが微妙にズレるときがあるのが勿体ない。もう少し自分の感覚を信じてもいいんじゃないか」

久原の意見を聞いてしばらく押し黙っていた彼女が、顔を上げる。

そして瞳にやる気を漲らせて言った。

「支社長のお話を聞いて、何だかやる気が湧いてきました。RFPをおろそかにはできませんけど、なるべく自分のカラーを出せるように頑張ります」

「ああ」

三嶋にやる気が出てきたなら、それはいいことだ。

そんなことを思いながらアボカド丼を掻き込んでいると、こちらの話の半分も理解できていない様子のシズが、ニコニコして言った。

「難しい話でよくわからないけど、明慶さんも知紗も仕事熱心だねえ。二人とも頑張んなさいね」

＊　＊　＊

デザインとは、とどのつまり〝知識〟の積み重ねだ。

クライアントから提供された画像や音声、文章、動画などをウェブデザインで表現するためには、過去に関わった案件で掘り下げた知識はもちろん、さまざまな分野にアンテナを張り、情報をアップデートすることが必要になる。

また、普段から素材を収集したり、ウェブデザインの見本ストックを多く持っていれば、プランニングをするときに大いに役立つ。クライアントが望むデザインパターンを上手く引き当てて手持ちの素材で仕上げることができたり、修正が出た場合にも柔軟に対応できたりと、いいこと尽くしだ。

そのため、知紗は外出したときはあちこちで写真を撮るようにしていた。中ノ町は田舎で、自然豊かな風景が魅力的だ。祖母の家の片づけをする一方、近所に散歩に出掛けたり、車での行き帰りに気になるところで停車して風景の写真を撮ったりするうち、少しずつデータフォルダが充実してきた。

（撮った写真、いつか仕事で生かせたらいいな。スマートフォンのカメラだとちょっと物足りないし、いっそ一眼レフを買いたいけど、どうしよう）

知紗の心は今、前向きな気持ちで満ち溢れている。

理由は、上司である久原に褒められたからだ。祖母が昼食に強引に誘い、図らずも手料理をご馳走（ちそう）する羽目になった土曜日、彼は「美味い」と言って食べてくれた。

その席で「三嶋はこういう自由な感じを、もっと仕事で出したほうがいいんじゃないか」と言い出した久原は、こちらのいいところをいくつか挙げてくれ、知紗のやる気に火が点いた。

（支社長があんなふうに思ってくれてたの、全然知らなかった。前はひたすら怖い人で、雑談とか一切してくれなかったし）

彼の印象は、この二週間ほどでだいぶ変化してきている。

支社長である久原には苦手意識しか抱いておらず、実は僧侶だったことを知ったときは本当に驚いた。だがもっとも意外だったのは、素の彼が思いのほか優しいところだ。元々的確な指示をくれる人物ではあったものの、実は洞察力にも優れていて、部下のいいところと悪いところをしっかり把握している。

今まではそれをまったく表に出さなかったが、知紗が「愛想よくしてください」と言ったのをきっかけに少しずつ言葉にしてくれるようになり、自分で言い出したもののどんな反応をしていいか迷う瞬間があった。

（前は雑談をしたいなんて欠片も思わなかったけど、最近はあの人と話すのを楽しいと感じる。でも上司と部下なんだから、ちゃんと距離は取るべきだよね）

シズの家の断捨離は最初こそだらけてしまったものの、二週目となる今回は真面目に取り組んだ。必要なものと不要なものを振り分け、捨てるのは容赦なくゴミとしてまとめる。彼女はすぐに「何かに使うかも」と言って取っておこうとするが、知紗はそのたびに「ホームの部屋は狭いし、身の回りのものしか持っていけないんだよ」と説き伏せ、片づけを推し進めた。

　そして日曜日の昼過ぎ、祖母に向かって言う。

「じゃあお祖母ちゃん、わたし、来週また来るから」

「気をつけて帰るんだよ。それから、会社で明慶さんに迷惑かけないようにね」

「う、うん」

〝明慶(みょうけい)さん〟と僧侶の名前で言われてしまうと、何ともいえずこそばゆい気持ちになる。

　中ノ町からS市にある自宅アパートまでは、高速道路を使って一時間弱だった。帰宅したらまず洗濯機を回し、部屋の中を掃除する。近所のスーパーに食料品や日用品の買い物に出掛け、午後五時からは専門書を読み込んで、jQueryというテクニックについて勉強し始めた。

　これはウェブサイトに動きをつける機能で、写真画像をスライダーで切り替えたり、フェード効果やスムーススクロールを簡単に実装することができる。すべてを覚える必要はなく、使うものだけをカスタマイズできるようになれば何も問題はないが、知識として蓄えておけば役立つときがくるはずだ。

集中して勉強していた知紗だったが、ふいにスマートフォンが鳴り、手に取ってディスプレイを見る。そこには弟の譲の名前があり、指を滑らせて電話に出た。

「もしもし、譲？　どうしたの、電話なんて」

普段はトークアプリのメッセージでやり取りするのがほとんどで、電話は滅多にしない。

知紗の問いかけに、譲が答えた。

『姉ちゃんにお願いがあって電話したんだ。明日、車貸してくんない？』

「はあ？　やだよ」

知紗が顔をしかめて即答すると、彼は情けない声で食い下がってくる。

『頼むよ。実は例の気になってる子と、明日遊ぶことになってさ。「車で迎えに行く」ってもう言っちゃったんだよね』

「法事のとき、キャンプがどうとか言ってたやつ？」

『それとはまた別。その前に二人で遊ぼうってなって、はっきり言ってチャンスなんだよ。上手くいけば、彼氏彼女としてキャンプに参加できる』

譲が必死な口調で言った。

『明日は平日だし、姉ちゃん出勤のときは車を使ってないだろ？　絶対汚さないし傷もつけないって約束するから、貸してよ。頼む』

知紗は渋面で黙り込む。

数ヵ月前に買ったばかりの車は、新車ではないが走行距離が短くきれいで、とても気に入っている。免許は持っているものの運転が心許ない弟には貸したくないが、こんなにも食い下がられてしまっては仕方がない。

（まあ、こういうときのために、車の保険を家族も乗れるやつにしてるんだしね）

知紗はため息をついて答えた。

「わかった、貸してあげる」

『マジで？　やった』

「その代わり、ちゃんとお礼してよね」

実家暮らしの譲は明日の朝、知紗が出勤する前にアパートに車を取りにくるといい、「車を返すときに、ケーキを買っていくよ」と約束した。知紗は了承して電話を切り、スマートフォンを置いた。

（もう就職が内定してる大学生は、気楽でいいな。平日から遊びに行けちゃうんだもん）

専門書に向き直り、パソコンで実践するうち、夜が更ける。

翌日は朝からどんよりとした曇り空で、今にも雨が降りそうな天気だった。自宅アパートから約二十分、午前九時半に出勤してまずすることは、メールチェックだ。その後は部署内のディレクターと制作スケジュールや作業進捗の打ち合わせをする。

ディレクターの丸山弘幸（まるやまひろゆき）は三十一歳で、ベテランのウェブデザイナーだ。猫好きで、飼っている猫の写真をデスクに飾っており、いつも雑談のネタになっていた。写真が新しくなっているのに気づいた知紗は、彼に向かって笑顔で言う。

「猫ちゃんの写真、新しいのに変えたんですね。可愛い」

「ああ、うん」

いつもなら猫の自慢話が始まるところだが、今日の丸山はどこか素っ気ない。

彼が終始こちらと目を合わせようとしないのに気づき、知紗はふと戸惑いをおぼえた。

（えっ、何だろ。わたし、何かした？）

そんな知紗をチラリと見上げた丸山が、口を開いた。

「G社さんの件はさっき話したとおりだけど、三嶋って今回の社内コンペに出すの？」

「はい。そのつもりでいます」

仕事が立て込んでいて時間的余裕はないものの、今回は頑張りたいと思っている。

知紗がそう答えると、彼が含みのある表情で「……そっか」とつぶやいた。

「あの……？」

何か言いたいことがあるのかと思い、問い返そうとした知紗だったが、彼は自分のパソコンに向き直りながら言った。

「もう行っていいよ」

「あ、はい」

自分の席に戻った知紗は、釈然としない気持ちを押し殺す。

考えても丸山の態度が変化した理由がわからず、やがて今日は少し機嫌が悪かったのかもしれないと結論づけた。

（人間だから、そういうときもあるよね。気にしないで仕事しよう）

午前中はページのデザインに時間を費やし、午後はコーディングをこなす。

すると夕方にスマートフォンが鳴り、ディスプレイを見ると譲の名前があった。

（譲、何でこんな時間に電話してくるの？　仕事中なのに）

貸している車は、夜に返しにくる予定になっている。

しかしわざわざ連絡してくるのだから、何かあったのかもしれない。そう考え、知紗は少し躊躇（ためら）ったあと、電話に出た。

「もしもし、譲？　どうしてこんな時間に……。はあ？」

思わず大きな声を出してしまい、隣の席の持田や向かいの加納がこちらを見てくる。

知紗は慌てて声をひそめ、譲に問いかけた。

「ちょっと、どういうこと？　ちゃんと説明して」

『だからさっき信号待ちしてたら、後ろから車に突っ込まれたんだよ。今は警察が来て、事故処理をしてるところ』

朝、知紗のアパートまで来て車を借りていった彼は、何と事故に遭ってしまったらしい。

信号待ちで停車中、後ろから前方不注意の車が突っ込んできて、車体後部が大きくへこんでいるそうだ。知紗は青ざめて言った。

「譲、怪我はしてないの？」

『ああ、俺も彼女も怪我はない。あとでむち打ちとか出るかもしんないけど』

それを聞いた知紗は、安堵に胸を撫で下ろす。停車中の事故のため、こちらに落ち度はまったくなく、相手は平謝りしていると彼は語った。

『ごめん、警察に呼ばれてるから切るわ。また連絡する』

「うん」

通話を切った知紗は、一気に落ち込む。

後ろが大きくへこんでいるということは、修理に出さなければならないだろう。お気に入りの車がそんなことになってしまい、弟に対する恨みがましい気持ちが湧いてくる。

（こういうことになるかもしれないから、貸したくなかったのに。今回は譲が悪いわけじゃないし、仕方がないことだけど）

すると隣の席から、持田が心配そうに問いかけてきた。

「何かあった？　怪我がどうとか聞こえたけど」

「あ、うん。わたしの車を弟に貸したら、事故に遭ったみたいで」

「えっ、大丈夫？」

信号待ちのときに後ろから追突されたこと、車はへこんだが乗っていた弟と連れの女性に怪我はないことを説明すると、彼は安堵した様子で言った。

「停車中なら相手のほうが悪いから、修理代とかの心配はなさそうだね。とりあえず怪我がなくてよかった」

「……うん」

その後すぐに、保険会社から電話があった。

車は修理に出すことになり、特約で代車が貸し出されるという。平日は車を使っていないために通勤への影響はなかったが、問題は週末だ。

祖母の家に通うためには、往復二時間弱車を運転しなければならない。これまでと似たようなタイプの軽自動車が代車として届けられたものの、借り物の車で長距離を走るのには不安があった。

（どうしよう。お祖母ちゃん家の断捨離、しばらく休ませてもらったほうがいいかな）

しかしシズは、知紗が毎週訪れるのを喜んでいる。

あれこれ話をしながら片づけをするのが楽しいようで、そんな彼女に「しばらく行けない」と言えば、ひどくがっかりするのは容易に想像できた。

悶々（もんもん）としながら数日が過ぎ、金曜日になる。その日、知紗は朝からチラチラと久原の様子を窺っていた。彼は相変わらずクールな表情で、黙々と仕事をこなす。ずっとパソコンのキーボードを叩（たた）いていたかと思えば、かかってきた電話で長く話し込み、合間に書類の決裁をしたり、部下を呼んでミーティングをしたりと、まったく隙がない。

（支社長と話がしたいのに、なかなかそういう機会がないな。コーヒーを淹（い）れにいくタイミングとかだと、自然でいいんだけど）

悶々としながら様子を窺っていると、視線を感じたらしい久原がこちらを見る。

目が合ってしまった知紗はドキリとし、慌ててうつむいた。

(危ない。あんまり見てたら、変な誤解をされちゃう。とりあえず仕事しよう)

彼のほうを見ないようにしつつ、手元の作業に集中する。そうするうちに昼休みになり、加納が声をかけてきた。

「三嶋さん、一緒に外にランチ行かない？」

「あ、わたし、ちょっとやることがあるので」

「そう」

彼女が他の女性社員と一緒に出ていき、知紗は仕事を続ける。すると久原が立ち上がり、オフィスを出ていくのが見えた。

(支社長はお店に行く派じゃなく、何かを買ってきてデスクで食べる派なんだよね。だったらしばらくしたら戻ってくるはず)

自分も先に何かを買ってこようと考えた知紗は、財布を手に隣のビルにあるコンビニに向かう。

昼時ということもあり、店内はたくさんの客でにぎわっていた。人の間を縫うようにしながらサラダコーナーに向かった知紗は、そこで意外な人物を見つける。

「あ」

「……お疲れ」

サラダコーナーで商品を吟味していたのは、久原だ。

思いがけない場所で遭遇して動揺し、知紗はどぎまぎしながら言う。

「し、支社長もお昼を買いに来たんですか？」

「ああ」

言わずもがなのことを聞いてしまい、自己嫌悪がこみ上げる。

彼が商品を持ってレジに向かって、慌てて適当なおにぎりとサラダを選んだ知紗は会計をした。外に出ると会社のあるビルに向かう久原の後ろ姿が見え、急いで声をかける。

「支社長！」

「ん？」

「あの、お話があるんですけど」

知紗の言葉を聞いた彼が眉を上げ、少し考えて答える。

「飯を食いながらでいいか？」

「はい」

「じゃあ天気もいいし、その辺に座るか」

ビルの周辺の道路脇には、いくつかベンチが置かれている。そこに座った久原が、袋からパンとサラダを出しながら言った。

「で、話って？」

「あ、……ええと」

言いよどんだ知紗は、表情を取り繕って提案した。

「ま、まずは食べませんか？　お昼休みが終わってしまったらあれですし」

それを聞いた久原は、不可解そうな顔をしつつ「ああ」と言って食べ始める。

街中は行き交う人々が多く、車の通りも多かった。あいにくの曇天だが気温は高く、少し蒸している。街中らしい喧騒の中、しばらく互いに無言で食事をした。

すると彼がふいに口を開く。

「……このあいだ三嶋が作った飯、美味かったな」

「えっ」

「お前が料理するのが、ちょっと意外だった。あまり台所に立つイメージがなかったから」

先週、祖母の家で昼食をご馳走したときの話だ。

改めて褒めてもらえたのがうれしく、しかし何となくそれを素直に態度に出すのが癪で、知紗は久原に言い返す。

「それって何気に失礼ですよ。わたしだって、自炊くらいするのに」

「何だよ。褒めてるだろ」

「支社長は、普段お料理はするんですか？」

「俺はしないな。いつも買ってくるか、デリバリーばかりだ。修業時代はやらされたけど」

「修行って、お坊さんの？」

彼が「ああ」と頷き、説明する。

久原の宗派は真言宗で、僧侶になるまでには〝四度加行〟と呼ばれる修業期間が、四度に分けて三週間ずつあるらしい。

「修行はかなりハードで、最初の二週間が一番きつい。両膝と両肘、額を地につける〝五体投地〟を百回やったあと、正座で読経を三十分。そして経典に書かれた一つの言葉を千回唱える。これを一日三回、二週間続ける」

「えっ」

「それから〝両壇参拝〟、これは奥の院に参拝しに行くことだが、約二時間半、距離にして四、五キロを、ものすごい早足で歩く。これが三日に一回」

他にも、〝百礼〟というスクワットを百回やり、膝と筋肉の痛みの中で一時間正座をしたり、両壇参拝から戻ったあとに百礼と正座があったりと、最初の二週間で全身がボロボロになるらしい。正座は一日トータルで八時間もしており、脚の痛みが一番つらかったという。

知紗は驚きながらつぶやいた。

「……すごいですね」

「飯は朝はご飯と味噌汁と漬物だけで、昼も一汁一菜。肉や魚を使わず、だしは昆布だし、牛乳は使わずに豆乳でとか、いろいろ制約があった。修行の後半は精進料理を作らされたが、今は全然やらないな」

思いのほかハードな修行を経て僧侶になったのだと知り、知紗の中に彼に対する尊敬の念がこみ上げる。

自分が想像する以上の努力を重ねてきたのだと思うと、改めて大変な仕事だと感じた。

（それなのに今はウェブデザイナーで、いくつも賞を獲るくらいの人なんだからすごい。きっと努力を惜しまない性格なんだろうな）

そんなことを考える知紗の横で、久原は食事をあらかた終える。そしてコーヒーを飲みながら問いかけてきた。

「――で、お前の話はまだか？」

「えっ？」

「俺はもう食い終わったんだが」

それを聞いた知紗は、食べかけのおにぎりを持ったままうつむく。

非常に言い出しにくいことだが、仕方がない。ここ数日、何度も言おうとして先延ばしにしてきたが、今日はもう金曜日だ。

知紗は緊張しながら口を開いた。

「あの……話というのは、支社長にお願いがあってのことなんです。すごく図々しい自覚がありますし、言いづらいことなんですけど」

「言ってみろ」

深呼吸し、意を決した知紗は、顔を上げて告げた。

「支社長は、明日も中ノ町に行くんですよね？　お寺のお手伝いに」

「ああ」

「その車に――わたしも同乗させていただけませんか？　ちゃんとお礼はしますから、どうかお願いします」

第五章

　隣に座る三嶋が、必死な顔で頭を下げている。そのつむじを面食らって見つめながら、久原は彼女に問いかけた。

「ちょっと待て。いきなり車に同乗させてほしいとか、一体何なんだ。お前の車はどうした?」

　すると顔を上げた三嶋が、モソモソと答えた。

「車は……ないんです。事故に遭っちゃったので」

「事故?」

　ぎょっとして事情を聞いたところ、彼女本人が事故を起こしたわけではなく、弟が運転していて巻き込まれてしまったらしい。三嶋が言った。

「修理代は相手の保険で賄えますし、乗っていた弟カップルも怪我がなくて、それはよかったんですけど……」

「保険に入ってるなら、代車を出してもらえるんじゃないのか?」

「はい。今まで乗っていたのと似たような車種を貸してもらえることになりました。でも、借り物の車で長時間運転するのがすごく不安で。わたしは免許を取って以来、自分の車しか運転したことがありませんから」

確かに運転歴が浅いなら、そういう不安があっても仕方ないだろうか。

しかしわざわざ自分の車に乗せるのは、どうなのか。久原と彼女は上司と部下で、プライベートで親しくなりすぎるのはあまり褒められたことではない。

そんなことを考え、久原が渋面で黙り込むと、三嶋が必死な顔で言った。

「わたしが図々しいお願いをしてるのは、充分自覚してます。車が修理から戻ってくるまで祖母の家の断捨離を延期しようとも考えたんですが、毎週わたしが来るのをすごく楽しみにしているので、言い出しづらくて。だったら目的地が同じ支社長の車に乗せてもらえたらって思ったんです」

彼女が言うとおり、久原は週末の土日に家業を手伝いに地元の中ノ町まで行く。

しかも互いの家は徒歩五分の距離という、超近所だ。ならば三嶋が車に同乗したいと考えるのも、何ら不思議ではない。

（でも……）

〝部下と二人きりで出掛ける〟というシチュエーションがやはり気になり、久原が即答できずにいると、三嶋がなおも言い募った。

「ガソリン代はお支払いしますし、別途謝礼もします。車が戻ってくるまでのあいだでいいんです、だからどうかお願いします！」

しばらく考えた久原は、やがてため息をつく。そして彼女の顔を見つめて答えた。

「――わかった、乗っけてやるよ」

「ほ、本当ですか？」

「ああ。目的地は同じだし、柏原さんは彩樂寺（うち）の大事な檀家（だんか）さんだ。これで断るのは、少々寝覚めが悪い」

久原は「でも」と言葉を続ける。

「言っとくけど、休みの日だからってのんびりしてられないからな。朝八時にはこっちを発つけど、大丈夫か」

「大丈夫です」

「お前の家の住所は？」

自宅の住所を詳しく聞き、頭の中にメモする。

昼食のゴミが入った袋を持ち、ベンチから立ち上がった久原は、三嶋を見下ろして言った。

「じゃあ明日の八時に、自宅まで迎えに行く。それからこれ」

彼女の手のひらに落としたのは、小さな食べきりサイズのコンビニのお菓子だ。きょとんとする三嶋に、久原は告げた。

「このあいだ、昼飯を食わせてもらったお礼。――俺は先に会社に戻る。じゃあな」

翌朝の午前七時、久原はスマートフォンの目覚ましの音で目を覚ます。

家ではいつも持ち帰りの仕事をしたり、自分のデザインをやったりしているため、寝るのは午前一時か二時と遅い。起きる瞬間はかなりしんどいが、修業時代に午前四時に起きていたのに比べればどうということはない。

シャワーを浴びて身支度をしながら、このあとの段取りを考えた。いつもなら一人で地元まで車を走らせるところだが、今日は違う。昨日、部下の三嶋から突然「支社長が中ノ町に行く車に同乗させてください」と言われたときは驚いたものの、理由を聞けば仕方がないと思えた。

（昨日の午前中、やたらこっちをチラチラ見てたのは、その話をしたかったからなんだな。……俺はてっきり）

別の意味でこちらを気にしているのかと思ったが、それは気のせいだったらしい。

久原のマンションから三嶋の自宅までは、車で十五分ほどだった。平日より空いている道を走らせて到着したのは、単身者用の三階建てのアパートだ。

ハザードランプを点灯させて待つこと二分、助手席の窓がノックされて視線を向けると、彼女がこちらを覗（のぞ）き込んでいる。

「おはようございます。わざわざ迎えに来ていただいて、すみません」

「いや」

ロックを外したドアを開け、三嶋が乗り込んでくる。

今日の彼女は白のスキッパーシャツに黒のスキニーという、動きやすい服装だった。緩くまとめた髪と耳元に光るピアス、華奢なデザインのネックレスが、女っぽさをプラスしている。

緩やかに車を発進させた久原に対し、彼女が言った。

「ドイツ車なんて、わたし、初めて乗りました。結構シートが固いんですね」

「最初は慣れないかもしれないが、乗っていて疲れにくいらしいぞ」

「そうなんですか」

彼女は「ところで」と言って、こちらを見た。

「支社長、朝ご飯食べてきました？」

「いや」

久原は朝食を取る習慣がなく、いつもコーヒーを飲むだけだ。

すると三嶋がバッグをゴソゴソと漁り、ラップにくるまれたものを取り出して言った。

「実はおにぎりを作ってきたんです。よろしければ食べませんか？」

彼女が取り出したのは、数種類のおにぎりだ。内容は炙り明太子と高菜、鮭と塩昆布、梅干しと天かすと万能ねぎ、ちりめん山椒と大根菜だといい、どれも具がふんだんに混ぜ込まれていて色鮮やかで、食欲をそそる見た目をしている。

久原は驚いて言った。

「ずいぶん独創的なおにぎりだな。俺の想像してたのとは違う」

「いろいろ具材が入っていたほうが、選ぶ楽しみがあるかと思って。どれにしますか？」

迷った末に、久原はちりめん山椒と大根菜、そして梅干しと天かすと万能ねぎのおにぎりを選ぶ。車を走らせながら食べるわけにはいかないため、一旦路肩に停車させた。

三嶋はペットボトルのお茶を持ってきてくれていて、ありがたくいただく。山椒の香りがふんわり漂うおにぎりは、細かく刻んだしゃきしゃきの大根菜がアクセントになっており、小ぶりなサイズも食べやすい。

梅干しのおにぎりは、小さくちぎった酸味のある梅干しと小口切りにした万能ねぎ、めんつゆを絡めた天かすのサクサク感が絶妙にマッチしている。久原は思わずつぶやいた。

「……美味い」

「よかった。おにぎりって何を入れてもいいっていうか、いろんな具材を入れると見た目もきれいになりますよね。炙り明太子と高菜も美味しいですよ」

もうひとつ勧められた久原は、「いや」と言う。

「俺は二つもらったから、三嶋が食えよ」

「わたし、作りながらちょこちょこ味見しちゃったんです。だから食べられるなら、どうぞ」

「……じゃあ」

炙った明太子を大雑把にちぎり、高菜といりごまと一緒に混ぜ込んで海苔(のり)を巻いたおにぎりは、文句なしに美味しかった。再び車を走らせ、久原は考える。

（このあいだの料理といい、三嶋の作るものはどこかポップな感じはあるけど、意外に美味いんだよな。柏原さんもそう言ってたっけ）

七十代後半の彼女は、「孫娘の作るものは風変わりだが、妙に美味しい」と言っていた。的を射た発言を思い出し、久原がふと微笑むと、助手席に座る彼女が不思議そうにこちらを見る。

「どうかしました？」

「いや、別に」

「それより支社長、高速道路に乗らないんですか？」

ルート的に違和感をおぼえたらしい三嶋がそう問いかけてきて、久原は答える。

「俺は行き帰りのどちらかを一般道で行く派だ。山道を通るのとか、結構気分転換になるし」

「あ、確かにそういうのありますよね。わたしもときどき車を降りて、写真を撮ったりしてるんです。素材の手持ちストックを増やそうと思ってて」

彼女の会話のテンポが心地よく、道中は気詰まりな雰囲気は一切なかった。

途中には道の駅がいくつか点在し、ちょうどオープン時間なのか駐車場に車が増え始めている。三嶋がそのひとつに目を留めて言った。

「支社長、ちょっと寄りませんか？　美味しそうなものがいっぱいありますよ」

彼女に言われるがまま、久原は駐車場に車を乗り入れる。

最近の道の駅は建物がきれいで、テナントが充実しており、地元野菜や特産品、手作りパンやアイスクリームなどさまざまな店があった。

「わあ、すごい。たくさんあって、目移りしちゃいますね」

三嶋は目を輝かせ、あれこれと商品を眺め始める。

「お祖母ちゃんが好きだから」と言って桃を購入した彼女は、やがてソフトクリームの店の前まで来てつぶやいた。

「美味しそう。でも、わたし一人で食べるのは迷惑ですよね」

「別に気にするな。どれがいいんだよ」

久原に言葉にきょとんとした三嶋は、すぐに慌てた様子で答える。

「あの、自分で買いますから」

「いや、俺も食いたいし」

バニラ味のものを二つ購入し、片方を手渡すと、彼女が恐縮した様子で言う。

「ありがとうございます。何だかおねだりしたみたいになっちゃって、すみません。車に乗せてもらってるんですから、わたしがお支払いするべきなのに」

「部下に奢(おご)ってもらう気はない。しかも俺のほうが年上なんだから」

ベンチに座り、行き交う人々を眺めながら食べ始める。すると三嶋が、しみじみと言った。

「支社長が甘いものを食べるなんて、イメージと違ってびっくりです。そういうの、あまり好きじゃなさそうな顔をしてるのに」

「俺はかなりの甘党だ。羊羹とか、一人で一本余裕で食える」

「えっ、それはすごいですね」

楽しそうに笑う彼女を見つめ、久原はふと思う。

（……可愛いな）

会社でビクビクしていたときとは違い、素の三嶋は素直で明るく、人懐こい性格をしている。

それでいて図々しさはなく、わざわざ朝食におにぎりを作ってきたり、「運転中の眠気覚ましにミントのタブレットを買ってきたので、どうぞ」と言ってくれたりと、気遣いがあった。久原が僧侶であることを他の社員に話している様子もなく、一緒にいてあまりストレスにならないタイプだ。

（前はそそっかしい印象しか抱いてなかったのに、一対一で接してみると結構変わるもんだな。一人で行動する気楽さが好きだったが、たまにはこんなのも悪くない）

いや、こういう捉え方をするのは、もしかして彼女を異性として意識しているからではないのか。

ふいにそんな考えが頭に浮かび、久原は思わず動きを止めた。

「支社長？」

不思議そうにこちらを見つめる三嶋は、可愛らしい顔をしている。

しばらく彼女を見つめた久原は、その口元にソフトクリームが付いているのに気づいて、手を伸ばした。

「……ついてる」

「えっ？　あ……」

指先で拭ったそれをペロリと舐め取ると、三嶋が目を見開き、声を上げた。

「ちょっ、あの、それ」

「ん？」

「な、舐めたんですか⁉」

びっくりした様子の彼女に対し、久原は「ああ」と答える。

「何で……」

ひどく動揺している三嶋を眺め、小さく笑って言った。

「さあ。――何でだろうな」

それから彼女は気まずそうに黙り込んでしまい、ぎくしゃくしながらソフトクリームを食べ終える。

先ほどの行動が嫌がられている感じはせず、久原はどぎまぎする三嶋の反応を楽しく思った。

再び走り出した車はやがて中ノ町に入り、商店街を抜けて住宅が密集しているエリアに入る。

久原が彩樂寺の敷地内に車を停めると、三嶋が言った。

「ありがとうございました。乗せていただいて、本当に助かりました」

「明日は夕方五時くらいにここを出るけど、大丈夫か？」

「はい」

ポケットからスマートフォンを取り出した久原は、彼女に向かって言う。

「メッセージアプリのＩＤを交換しておこう。何かあって遅れる場合とか、連絡する」

互いのＩＤを登録し、三嶋が「じゃあ、失礼します」と言って去っていく。

それを見送っていると、建物の中から出てきた父が言った。

「あのお嬢さん、車に一緒に乗せてきたのか？」

「ああ。柏原さんの孫で、俺の部下なんだ。先月の一周忌法要のときに偶然会って」

久原がこれまでの経緯をかいつまんで説明すると、彼はニコニコして言った。

「ほう。ご縁とは必然、花に例えれば種があり、土や養分、日の光という条件が整って、芽が出て成長して花を咲かせる。お前とあのお嬢さんとの偶然がどのようなご縁になっていくか、今後が楽しみだな」

「そんなんじゃないから、変な期待をするなって」

素っ気なく返した久原は、黒無地の法衣に着替えるために部屋に向かう。

桐箪笥(きりだんす)から白衣(びゃくえ)と呼ばれる白い作務衣のような上下を取り出して身に着け、その上から

黒い法衣を羽織りつつ、先ほどの父の言葉について考えた。

（確かに奇妙な縁だよな。会社から遠く離れた地元で会って、気づけば一緒の時間を過ごしてる。しかもそれが嫌じゃないなんて）

人づきあいが面倒な自分にしては、かなりイレギュラーだ。

そんなことを考えながら帯紐（おびひも）を締めた久原は、ふと頬を緩める。道の駅で目を輝かせて商品を見ていた三嶋は、楽しそうにしていた。ソフトクリームを買ってやっただけでニコニコしていたのを思い出し、微笑ましい気持ちになる。

（車の中で気詰まりになるかと思ってたが、全然そんなことはなかった。だったら毎週乗せてやってもいいか）

上司なのだから、そのくらいしてやるのは仕方ない。

そう結論づけた久原は折五條（おりごじょう）と呼ばれる略袈裟を首から掛けて身なりを整え、僧侶として振る舞うべく気持ちを切り替える。そして部屋を出て廊下を進むと、寺の玄関口で父が誰かと話しているのに気づいた。

（……檀家さんかな）

ならば挨拶をしようと足を向けた久原は、そこに思いがけない人物を見つけ、目を見開く。

三和土に立っているのは、閉じた日傘を持った女性だった。白いフレンチスリーブのトップスに黒いフレアスカート姿の彼女は、ほっそりとして優雅だ。背の中ほどまでの長さの髪は緩く波打ち、細い二の腕に掛かっている。

こちらに気づいた女性が、微笑んだ。そして久原を見つめて、穏やかに言う。

「久しぶりね、――明（あき）くん」

＊　＊　＊

ウェブデザイナーが仕事で使うソフトで挙げられるのは、まずPhotoshopだ。

あらゆるウェブページを制作する要となるもので、必須のデザインソフトであるといえる。それからアイコンやロゴ、イラストなどのパーツを作るために使うillustrator、そしてPhotoshopでデザインしたデータを基にDreamweaverというソフトを使い、HTML+CSSを使ってコーディングしてホームページを制作する流れとなる。

水曜日の午後、会社で自分のパソコンに向かっていた知紗は、illustratorでロゴを作っていた。ペンツールを使い、マウスを動かしながら、頭の隅では違うことを考えている。

（どうしよう。……最近、支社長のことが頭から離れない）

チラリと視線を向けると、久原は自分のデスクで電話中だ。

祖母の家がある中ノ町まで彼に車に乗せてもらったのは、数日前の土日のことだった。

最初は厚かましいお願いをしてしまったことに恐縮し、せめてもの気遣いとしておにぎりを作っていったが、久原は旺盛な食欲を見せてくれた。

約二時間弱の道中、彼とは会話が途切れず知紗は楽しかった。驚いたのは、久原がこちらの口元に付いたソフトクリームを指で拭い、それを舐めたことだ。

まるで恋人にするかのような親密なしぐさにドキリとし、そのあとの知紗は彼の顔をまともに見ることができなかった。久原がどんな意図があってそういうことをしたのか、あれからずっと考え続けている。

（支社長はわたしを嫌いじゃないってこと？　確かに最近はプライベートで顔を合わせることが多いし、嫌いじゃないから車にも乗せてくれたんだろうけど）

断捨離中もあので き事が頭から離れず、どこか上の空で、祖母には「具合でも悪いのか」と心配された。

一体どんな顔をして久原に会えばいいのかと考えているうちに翌日の帰りの時間になり、緊張しながら彩樂寺に向かった知紗だったが、彼の態度は至って普通で肩透かしを食ってしまった。

（でも……）

自宅アパートに着く直前、久原は「ラーメンでも食うか」と言って、夕食を奢ってくれた。まさか彼のほうから誘ってくれるとは思わず、ぎこちなくラーメンを啜（すす）った知紗は、それから一晩経った今も落ち着かない気持ちを味わっている。

（口に付いたソフトクリームを舐めるのって、普通の上司と部下ではしないよね。でも、支社長がわたしを特別に思ってるなんて信じられない。……考えてることがわかりづらい

人だし）

　ずっと〝怖い上司〟として苦手に思ってきたが、ひとたび話すようになると、久原は思いのほか気さくな人物だった。

　淡々としてクールな表情は変わらないものの、手料理を食べたときに「美味い」と感想を言ってくれたり、そのお礼としてちょっとしたお菓子をくれたり、ソフトクリームを奢ってくれる。

　車に同乗させてくれたことも含めて、知紗は彼の行動のひとつひとつに意味を求めたくて仕方がなかった。

（それに……）

　僧侶としての姿も、久原は文句なしに恰好いい。

　法衣が似合うのはもちろん、素晴らしいのは読経の声だ。低く艶やかな美声で朗々と読み上げるお経は、ずっと聞いていたいくらいに心地よく、すっかり魅了されてしまった。

（わたし、支社長のことが好きになってる。……一人の男性として）

　会社では見せない顔に、どんどん惹かれている。

　他の社員が知らないプライベートを、自分にだけ見せてくれている——その事実に特別感をおぼえているが、彼のほうはどうなのだろう。嫌われてはいないと思うが、異性として見られているかというと、そこはかなり微妙なところだ。

（そうだよ。そもそも支社長には、他に彼女がいるかもしれないし。あんまり期待しない

ほうがいい）

彼の多忙ぶりを思うと恋愛している暇はなさそうだが、あれだけ整った顔をしていて仕事もできる人間だ。実は彼女がいるというのは、充分ありえると思う。

ため息をついた知紗は、なかなか進まないデザインの手を止めた。心を占めている問題は、それだけではない。ここ最近、何となく社内の人間に距離を置かれている気がする。

（直接文句とかを言われるわけじゃないけど、よそよそしい態度を取られてると感じるときが多い。……わたし、何か気に障ることをしたかな）

考えてみたものの、思い当たる節はまったくない。

それまで気軽に雑談などをしてくれていた先輩社員が素っ気なくなったことは、知紗の心に影を落としていた。昼休み、加納に誘われて近くの定食屋にランチに行った知紗は、悶々（もんもん）とした気持ちを押し殺す。もし他の社員たちがよそよそしくなった原因が自分の行動なら、そこを改めたい。この会社が気に入っているだけに、強くそう思った。

知紗は加納を見つめ、思いきって切り出した。

「あの、加納さんにお聞きしたいことがあって」

「あら、なあに？」

知紗より二歳年上の彼女は、艶やかな黒髪が印象的な美人で、いつもおっとりとしている。

ウェブデザイナーとしての経験や実績を笠（かさ）に着ることはなく、入社当時から優しい先輩だった。知紗は言葉を選びながら言った。

「実は最近、丸山ディレクターを始めとする数人から、ちょっと距離を置かれてる気がしていて。わたしが何かしたせいなのかなって考えたんですけど、理由が思いつかないんです。もし加納さんに心当たりがあったら、教えていただけませんか」

するとと彼女は眉を上げ、少し考え込む表情をする。

水を一口飲んだ加納が、知紗を正面から見つめて口を開いた。

「思い当たる節がないわけではないけど、三嶋さんに言うのは迷っていたの。ちょっと言いにくいことでもあるし」

「な、何ですか？」

知紗が身を乗り出すようにして問いかけると、彼女は躊躇いがちに答えた。

「実は噂が広まってるのよ。三嶋さんが、その……人のアイデアを盗んでるって」

「えっ？」

「どこから出た話かはわからないし、私はあなたがそういうことをする人間じゃないって信じてるわ。だから態度を変えず、あえて耳に入れることもしなかったんだけど、中にはそのまま鵜呑みにしてしまってる人もいるみたい」

加納の言葉は、知紗にとって青天の霹靂だった。

噂はまったくの事実無根で、心当たりはない。確かにデザインを起こすときに他の作品を参考にしたり、インプットのためにいろいろ見たりもするが、そのまま自分のデザインに取り入れたことは一度もなかった。

「具体的に、どのデザインのことを言ってるんでしょうか」

知紗の言葉に、彼女は「それなのよね」と小さく息をついた。

「具体的にどのことを言ってるのか、さっぱりわからないの。具体例があれば自分なりの判断ができるけど、今はただ三嶋さんがそういうことをする人間だっていう話が一人歩きをしてる状態よ。だから私は、普段から接してるあなたのほうを信じることにした。三嶋さんのデザイン、すごく好きだしね」

加納はそう言って微笑み、元気づけるように言った。

「あんまり気にしないほうがいいわ。もし目に余るようなら、私のほうからそれとなく丸山くんたちに注意してあげる。これでも北海道支社のオープニングメンバーだから、それくらいの発言力はあるのよ」

彼女が励ましてくれているのがわかり、知紗は小さく「ありがとうございます」と告げる。

やがて昼休みが終わり、自分のデスクで仕事を始めた知紗は、気持ちが落ち込むのを感じた。加納は味方になってくれたが、社内には噂のほうを信じている人間が複数人いることになる。

自分ではまったく身に覚えがないだけに、大っぴらに「違う」とも言えず、胃がキリキリと痛んだ。すると隣の席から、持田が心配そうに覗き込んでくる。

「どうしたの？　何か顔色が悪いけど。もし頭痛とかなら、鎮痛剤あるよ」

　同期入社の彼は気配り上手で、いつもそれとなくフォローしてくれる。入社当時から切磋琢磨してきた仲のため、とても信頼していた。

　知紗は周りを憚って声をひそめながら、持田に問いかける。

「持田くんは……聞いたことない？　わたしが他の人のデザインを盗んでるっていう話」

「えっ？」

「そういう噂が流れてるみたいなの。それでよそよそしい態度を取る人もいて」

　すると彼は面食らった表情をし、キャスター付きの椅子をこちらに寄せてヒソヒソと言った。

「俺は全然知らないけど、そんな噂が流れてるの？」

「うん。加納さんから聞いて……『出所がよくわからない噂だし、私は三嶋さんを信じるよ』って言ってくれたけど、わたし、すごくショックで」

　言葉の語尾が震え、知紗はぐっと唇を引き結ぶ。それを見た持田は真剣な顔になり、語気を強めて断言した。

「加納さんと同じく、俺も三嶋さんがそういうことをする人間だとは思わないよ。君がどれだけ努力してるか、間近で見て知ってるから」

　席が隣の彼は、普段から知紗の仕事ぶりや帰宅してからどんな勉強をしているかなどを詳細に知っている。持田が思案顔になって「でも」とつぶやいた。

「噂の出所って、一体どこなんだろうな。俺の耳に届いてないのは、三嶋さんと仲が良いからなのか」

「…………」

「ちょっと何人かに探りを入れてみるから、あんまり落ち込まないで。それと、これ」

彼が自分のデスクに腕を伸ばし、飾っていた食玩の人形を知紗に手渡す。

「前に欲しがってたやつをあげるから、元気出しなよ。愚痴ならいくらでも聞くし、何なら近々飲みに行こう。今抱えてる案件の納期をクリアしてからになるけどさ」

持田が明るくそう言ってくれ、知紗はじんわりと心が温かくなる。

そして手渡された小さな食玩を見つめ、微笑んで言った。

「……うん、ありがとう」

その週末の土曜は朝からどんよりと曇り、空には重い雲が立ち込めていた。

知紗は前回と同様、久原の車に乗って祖母の家に向かう。彼の様子には何ら変わったところはないものの、知紗は久原があの噂について知っている可能性を考え、怖くなる。

(支社長には、軽蔑されたくない。……わたしが誰かのアイデアを盗む人間だなんて)

何度考えてもそう思われるような疑わしいデザインを出した覚えがなく、なぜそんな噂が出たのかはわからない。

　だが久原の前で話題に出す勇気はなく、知紗は空元気で明るく振る舞った。

「うちの弟、わたしの車で事故に遭ったときに気になる女の子と一緒だったらしいんですけど、それがきっかけでつきあうことになったそうです。『後続車がぶつかってきたとき、真っ先に自分の心配をしてくれたのがうれしかった』って」

「まあ、咄嗟のときに人の本性は出やすいよな」

「はい。事故に遭ったときって動転しがちで、ぶつかってきた相手につい強い態度に出てしまうこともあると思うんですけど、うちの弟は運転してた老人に声を荒げることもなくて、そこもポイントが高かったって」

　こうして話しているあいだも彼が自分をどう見ているのかと想像すると、いたたまれない気持ちになる。

　前回は楽しかった道中なのに、今回は早く現地に着いてほしいと感じてしまう自分が嫌だった。中ノ町に到着し、久原に礼を言って祖母の家に向かいながら、知紗はじっと考える。

（何度も支社長の車に乗せてもらうのは迷惑だろうから、来週は自分で運転してこようかな。慣れない車で長時間運転するのは怖いけど、しょうがないし）

　気持ちを切り替え、祖母の家の断捨離に取りかかる。

　箪笥に残っていた祖父の衣類は、よく着ていたシャツを一枚だけ残して処分した。古い雛人形は親戚の家もいらないと言ったため、人形供養をしている神社を調べて送ることにする。

するとシズが「そうそう」と声を上げた。

「この棚なんだけど、私のお友達のみっちゃんが欲しいって言ってたの。知紗、あんた持っていってくれない？」

「持っていくって、その人の家は一体どこにあるの」

「ここから歩いて十分くらいかねえ。みっちゃんも独り暮らしで車を持っていないし、足が悪いから自分では運べなくて」

知紗もここまで久原に乗せてもらってきたため、車はない。

だとすれば徒歩で担いで持っていかなければならず、知紗は棚を前にして考えた。

（中身は空だし、そんなに大きくないから、一人で運べなくもないかな。休み休み行けば大丈夫か）

祖母の友人の自宅までの道のりを聞いた知紗は、「じゃあ、行ってくるね」と言って、棚を抱えて家を出た。

両手で抱えられる大きさの棚はだいぶ小ぶりではあるものの、持ち手がないために非常に持ちづらい。
一、二分歩いては棚を地面に下ろす動きの繰り返しで、知紗の額にじんわりと汗がにじんできた。
（ちょっと考えが甘かったかも。目的地に着くの、一体いつになるんだろう）

せめて滑り止め付きの軍手を嵌めてくればよかったが、もう遅い。

空は朝よりも雲が多くなり、湿度が高く蒸していた。よろめきながら少しずつ棚を運び、立ち止まった知紗は、額ににじんだ汗を拭う。

すると横に一台のスクーターがやってきて停まり、運転手が声をかけてきた。

「おい、何やってるんだ、それ」

「……支社長」

声をかけてきたのは、黒い法衣に身を包んだ久原だ。

ヘルメットを被り、スクーターに跨っている彼は、どうやら檀家回りをしていたらしい。恰好悪いところを見られてしまった知紗は、ばつの悪さをおぼえながら答えた。

「何って、見てのとおり棚を運んでるんです。祖母に頼まれて」

彼女の友人の家まで運ぶのだと説明すると、久原が呆れた顔で言った。

「そんなの、車に乗せていけばすぐだろ。……って、その車がないのか」

「はい」

「運ぶのは、どこの家までだ」

知紗が「植野さんです」と答えると、彼がおもむろにヘルメットを脱ぐ。

そして道の端の邪魔にならないところにスクーターを停め、キーを引き抜いて言った。

「手伝ってやるよ」

「えっ、いいですよ、気にしなくて。支社長はお仕事中なんですし」

「もう終わって、帰るところだから」

知紗は慌てて「でも」と言い募った。

「スクーターが……」

「こんな田舎だし、ここに置いていっても大丈夫だ。キーも抜いたしな」

久原が軽々と棚を持ち上げ、スタスタと歩き出す。

僧侶姿の彼が棚を抱えて歩いている姿はかなりシュールで、知紗は急いでそのあとを追いかけながら言った。

「支社長、わたしも一緒に持ちますから」

「一人で充分だし、かえって邪魔だからいい」

背が高く、それに比例して腕も長い久原は、確かに知紗が一人で持っていたときよりはるかに余裕がある。

にべもない言い方にしょんぼりし、横を歩く知紗を見た彼が、ふと気まずそうな顔をする。そしてボソリと付け足した。

「あー、つっけんどんな言い方をして、悪かった。『俺一人で持てるから、充分だ』ってことを言いたかったんだ。別に三嶋を邪険にしたわけじゃない」

「…………」

「何だよ。お前が愛想よくしろって言ったんだろ」

わざわざフォローしてくれるところに久原の優しさを感じ、知紗の胸がきゅうっとする。

そして彼への想いを、強く自覚した。

（わたし、やっぱりこの人が好きだ。……ただの上司なんて思えない）

会社とは違う顔を見るたび、何気ない優しさを見せられるたび、どんどん惹かれていく。

だが久原と自分は上司と部下の関係で、そこを踏み越えることはあまり望ましくない。

彼には他に恋人がいるかもしれず、迂闊に気持ちを表に出すわけにはいかなかった。

それから無言で数分歩き、やがて植野光江の家に着く。玄関のドアを開けた彼女は、久原の姿を見て驚いた顔をした。

「あら、明慶さん。どうしてここに？」

「柏原さんのお孫さんが一人で棚を運んでいたので、私がお手伝いしました」

「そう。わざわざすみませんねえ」

中でお茶を飲んでいくように言われたものの、「このあと予定がある」と言い、二人揃って固辞する。

代わりに家庭菜園の野菜やお菓子を持たされ、ありがたく受け取って植野家を辞した。

「すみません、支社長。ありがとうございました。わたし一人だったら、きっともっと時間がかかっていたと思います」

「いや」

久原が仕事の途中に手伝ってくれたのを思うと、申し訳ない気持ちがこみ上げる。

しかも途中の道に、スクーターが置きっ放しだ。「急いで戻らなければ」と考えて歩き出したところで、ポツリと雨が降ってきた。

「お、雨だ」

久原がそうつぶやいた瞬間、大粒の雨が次々とアスファルトにグレーの染みを作り、みるみるうちに雨足が強くなっていく。

「ど、どうしましょう」

知紗が慌てふためいて問いかけると、彼は降りかかる雨に顔をしかめながら答えた。

「どうしようもないだろ。柏原さん家まで行くより、うちの寺のほうが近いから、雨宿りに来い」

「えっ、でも」

「走るぞ」

まるでバケツをひっくり返したような雨が、ザーザーと音を立てて辺りに降り注ぐ。

地面からの跳ね返りが激しく、すぐに足がびしょ濡れになった。まるで滝の中にいるかのように視界すら覚束ない中、知紗はそこから五分ほどのところにある彩樂寺に身を寄せる。

玄関の鍵を開けて引き戸を開けた久原が、顔をしかめて言った。

「全身ずぶ濡れだな。拭くものを持ってくるから、ちょっと待ってろ」

「あ、……」

知紗は玄関の三和土に残され、一人立ち尽くす。

車で送ってもらったときも思ったが、彩樂寺はかなり大きな寺だ。建物の古さからいうと、相当な歴史があるに違いない。

(これだけ濡れちゃったら、あと五分歩いても変わらないよね。支社長が戻ってきたらそう伝えよう)

　やがてタオルを手にした久原が、玄関まで戻ってくる。

「支社長、あの……」

「これで適当に拭いて、上がってくれ。着替えを貸すから」

「そ、そんな、結構です。ご迷惑ですし」

「風邪を引かれて仕事の納期を破られるほうが、よっぽど迷惑だ」

　そう言われるとぐうの音も出ず、知紗は渡されたタオルでざっと身体を拭き、「お邪魔します」とつぶやいて中に上がる。

　磨き上げた廊下を進んだ先は、どうやら住居スペースらしい。居間の和風なインテリアを感心して眺め、知紗はつぶやいた。

「住居部分も、和室なんですね」

「まあ、寺だからな。Tシャツを替えるだけでも違うから、これを着てくれ」

　差し出されたシャツは、久原のものだという。知紗は恐縮して言った。

「あの、大丈夫です。お祖母ちゃん家に行けば着替えはありますし」

「……目の毒だから、着替えてくれって言ってるんだが」

「えっ？」

「お前、身体の線が丸わかりだ」

言われて見下ろしてみると、確かに薄手のシフォンブラウスは肌にぴったりと貼りつき、身体の線があらわになっている。

ブラの線も見えているのに気づき、一気に羞恥が募った。

「す、すみません……」

「そこの襖（ふすま）を開けた、向こうの部屋で着替えてくれ」

「わかりました」

言われるがままに襖を開け、その向こうにある和室でブラウスを脱ぐ。

手渡された黒いTシャツは洗濯済みで、かすかに柔軟剤の匂いがした。男物でだいぶ大きいそれを着た知紗は、居間に戻る。すると久原が黒無地の法衣を脱ぎ、その下に着ている作務衣のような白い着物の上も脱いでいるのが見え、ドキリとした。

「……っ」

しなやかな上半身は無駄なところがなく引き締まっていて、広い肩幅と適度な厚みの胸が男らしい。

彼はタオルで身体を拭いていて、髪の先から雨の雫（しずく）が滴っていた。こちらに気づいた様子で視線を向けた久原が、手を止めて言う。

「ああ、悪い。あまりにもずぶ濡れだったから、脱いで拭いてた」

確かに先ほど降り出した雨は激しく、今もまったく勢いが衰えていないのが音でわかる。

動揺して彼から目をそらしながら、知紗は上擦った声で問いかけた。

「あ、あの、お父さまはいらっしゃらないんですか？　わたし、ご挨拶をしないと」

「親父は今日、夜まで戻らない。入院してる兄貴の見舞いに行ったあと、知り合いのところに行くって言ってたから」

ならばこの寺の中で、自分たちは今二人きりということになる。にわかにそれを意識してうつむく知紗を眺め、久原が言った。

「シャツ、男物だからブカブカだな」

「そ、そうですね」

「ここに三嶋がいるのが、妙な感じだ。会社の人間には、家業のことは絶対に知られたくないと思ってたのに」

彼は身体を拭いていたタオルで濡れた髪を拭きつつ、言葉を続ける。

「最初は法要の場でお前の姿を見たとき、『厄介なことになった』ってうんざりした。きっとすぐに会社で言いふらすんだろうと思ったし、興味本位であれこれ聞いてくるんだろうなって。でも――そういうタイプじゃないんだと徐々に知って、意外に思った」

「意外、ですか？」

久原が頷き、わずかに乱れた髪のままこちらを見つめる。

「会社での三嶋は、ちょっとそそっかしい奴だなっていう印象だった。若い女性社員にありがちな、噂好きでミーハーなイメージを勝手に抱いてたんだが、思いのほか常識的な性格なんだということが話しているうちにわかった。料理が上手いところや朝飯におにぎりを握ってくるのも想定外だったし、プライベートでは人懐っこくていつもニコニコしてる。……だからかな、お前と一緒にいてあまり気疲れしないのは」

知紗は目を瞠って彼を見る。

そんなふうに考えてくれていたとは、思いもしなかった。いつも淡々としてクールな久原は、感情が読みづらい顔をしている。

（でも……）

でも、うれしい。

いかにも個人主義で人と群れたがらない性格だとわかる彼が、自分と一緒にいるのを苦痛だとは思っていない——それが心からうれしくて、頬が熱くなっていくのがわかる。

そんな知紗を見つめた久原が、こちらに歩み寄ってきて言った。

「髪、濡れてる。ちゃんと拭かないと風邪引くぞ」

「あ、……」

手にしたタオルで髪を押さえるように拭かれ、知紗はドキリとする。

彼は上半身が裸で、間近で見ると引き締まった体型がよくわかった。しかも髪が乱れていて、長めの前髪の隙間から覗く眼差しに男の色気を感じる。

（どうしよう、こんな近くにきたら……っ）

自分がドキドキしているのが、久原にばれてしまう。

そんなことを考えながら息を詰めていると、ふいに彼と視線がかち合った。互いに沈黙したまま、ただ見つめ合う。呑まれたように視線をそらせずにいる知紗に対し、久原がやがて口を開いた。

「そういう目で見るなよ。勘違いするだろ」

「勘違いって、何をですか……？」

「お前が俺を、好きかもしれないって」

図星を指された知紗は、かあっと顔を赤らめる。

彼に気持ちを悟られていることに、ひどく動揺していた。そんな知紗の頬に、久原の大きな手が触れてくる。

突然の接触にどぎまぎしていると、彼が面白がっている顔で問いかけてきた。

「――で、どっちなんだ？」

「な、何がですか」

「三嶋が俺を、好きなのかどうか」

どこか楽しむような口調はこの状況を楽しんでいるかに思え、知紗の心に反発心がむくむくとこみ上げる。

目の前の久原から視線をそらしつつ、知紗はムッとして答えた。

「自分の気持ちを言わずにわたしに先に答えさせようとするのは、狡(ずる)いと思います」

「そうかな」

「そ、そうですよ」

「こういうことをする時点で、わかるだろ」

久原がそう答えた直後、顔に影が差す。気がつけば知紗は、彼に口づけられていた。

「……っ」

唇は押しつけられただけですぐに離れ、彼が吐息の触れる距離で見つめてくる。

知紗が拒否しないのを確認した久原が、再び口づけてきた。舌先で合わせをなぞり、わずかに開いた隙間からそっと中に押し入ってくる。濡れた舌先が触れてきて、思わずビクッと肩が震えた。

彼は焦らず、少しずつキスを深くしてきた。

「ん……っ」

ゆるゆると絡められ、甘い息が漏れる。

頬を包んでいた久原の手が耳元に移動し、感じやすい部分に触れられてゾクッとした。そのまま後頭部を包み込まれ、濡れた髪をやんわりと掻き混ぜられる。それに応じてキスが深くなっていき、知紗は小さく喘いだ。

「……っ……んっ、……は……っ」

心臓の鼓動が速まり、何も考えられない。

ただ彼の舌と吐息を感じながらうっすら目を開けると、思いのほか近くに端整な顔があり、胸がいっぱいになった。

「はぁっ……」

ようやく唇を離されたとき、知紗はすっかり息を乱して涙目になっていた。互いの唾液で濡れた唇を、久原が親指で撫でて言う。

「キスだけでそんな顔して、可愛い」

「……っ」

吐息交じりの声でそんなふうにささやかれ、一気に頭が煮えたようになる。

思わず腰砕けになってその場にしゃがみ込むと、彼がびっくりした顔でこちらを見下ろした。

「おい、大丈夫か？」

「ま、間近でそんなふうにささやくの、やめてください……。ただでさえ支社長は、いい声なんですから」

それを聞いた久原が、眉を上げた。

「そうかな」

「そうですよ。よく言われませんか？『いい声ですね』って」

「まあ、ないとは言わないが」

彼はふと何かを思いついた顔をし、その場にしゃがみ込んで知紗と目線を合わせる。

そしてどこか悪戯っぽい表情になって言った。

「三嶋がそんなふうに腰砕けになるなら、利用しようかな。この声を」

「えっ」

腕を伸ばした久原が知紗の頭を引き寄せ、髪にキスをする。

彼はそのまま耳元に唇を寄せ、低くささやいた。

「――俺はお前を、落としたい。こんなふうに触れたいと思ったり、反応を見たいと思うのは、三嶋だけだ」

「……っ」

耳に直接吹き込まれる声は低く艶やかで、官能を刺激する。

しかも目の前の久原は上半身に何も着ておらず、その色気にクラクラした。思わず首をすくめる知紗に、彼が問いかけてくる。

「三嶋は俺をどう思ってる？　ただの上司か」

「……いえ」

「面倒な相手にちょっかいをかけられて、困ってるか？　今までの反応を見てると、俺を嫌ってるようには見えないが」

「そ、そんなこと！　……あの」

予想外の展開に混乱しながら、知紗は必死に頭を働かせて答えた。

「わたし――支社長が、好きです。最初はすごく怖い人だと思ってて、仕事で駄目出しをされるたびにビクビクして、苦手意識を持っていました。でも祖父の一周忌でお坊さんと

しての姿を知ってから、どんどん惹かれて……。仕事以外の話をする機会が増えて、会社では見せない顔を見せてくれるようになったことが、新鮮でうれしかったんです」

しかし自分たちは上司と部下で、久原には他につきあっている相手がいるかもしれない。そう考えて気持ちにブレーキをかけていたのだと伝えると、彼はあっさり答えた。

「他につきあってる女はいない。週末はこっちに戻ってきていて、そんな暇もないし」

「そうなんですか？」

「ああ。そもそもそういう相手がいたら、三嶋に手を出したりしない。そういう最低限のモラルは持ち合わせているつもりだ」

それを聞いた知紗は、かねてから抱いていた疑問を口にする。

「お坊さんって、恋愛は自由なんでしょうか。もしかしたらそういう戒律があるかもしれないと思って、わたし……」

すると久原が眉を上げ、すぐに小さく噴き出す。彼は楽しそうに言った。

「だとすれば、俺は親父の息子として生まれてないだろ。確かに昔はそういう戒律があったが、明治時代に廃止されてる。修行の妨げにならなければ、恋愛も結婚も自由だ」

「あ、そうなんですね……」

自分の心配が杞憂だとわかり、知紗はじわじわと恥ずかしくなる。それと同時に、目の前の久原に対する想いで胸がいっぱいになった。

（支社長がわたしを好きだなんて、信じられない。……ほんの一時間前まで、諦めなきゃ

いけないって思ってたのに）

　そんな知紗を甘く見つめ、彼が問いかけてくる。

「聞きたいのは、それだけか？」

「は、はい」

「じゃあここからは、俺がしたいようにしていいか」

　久原は熱情を孕んだ瞳をこちらに向け、ささやくように言った。

「――抱きたい」

第六章

　雨は依然として降り続き、瓦屋根に激しく打ちつける音が聞こえている。

　湿度を孕んだ空気は重く、線香の香りがした。居間を出て連れ込まれた部屋は和室で、調度らしいものは小さな棚以外にない。

「ぁ……っ」

　借り物のTシャツの下に忍んできた手は大きく、乾いてさらりとしている。

　押入れから出した敷布団の上に座り込んだ知紗は、ドキドキする胸の鼓動をじっと押し殺していた。服の中に入った手がブラに触れ、胸のふくらみを包み込む。そうしながら、久原が唇を塞いできた。

「んっ……」

　最初から大胆に押し入ってきた舌が、口腔を舐め尽くす。

　ぬめる舌に口の中をいっぱいにされ、知紗は喉奥で呻いた。彼の手がふくらみをやんわりと揉み、その大きさに男らしさを感じる。

「は……っ」

唇を離された途端、互いの間を透明な唾液が糸を引いた。

そのまま布団に押し倒され、久原が覆い被さってくるのを見た知紗は、今さらながらに昼間の時間帯だということに気づく。

（どうしよう。雨で薄暗いけど、昼間だから全部見られちゃう……）

――恥ずかしい。なのにこの場から、逃げたくはない。

彼の唇が耳朶に触れ、首筋をなぞる。その感触とかすかな吐息にゾクゾクし、知紗は小さく喘いだ。久原がTシャツをまくり上げ、ブラのカップを引き下げる。そしてあらわになった先端を、舌先で舐め上げてきた。

「あ……っ」

濡れた舌を感じ、敏感なそこはすぐに芯を持つ。

彼にそうされていると思うだけで頭が煮えそうになり、身体の奥が熱くなった。舐めて吸い上げる動きはいやらしく、どんどん呼吸が乱れていく。ブラのホックが外され、ずらしたカップから零れたふくらみを久原の手がつかんで、執拗に先端を嬲った。

知紗は足先でシーツを乱し、切れ切れに喘いだ。

「はぁ……っ、ぁ、……ん……っ」

やがてどのくらいの時間が経ったのか、久原が上体を起こし、知紗が穿いているクロップドパンツを脱がせてくる。

しかし雨で濡れているそれは肌に貼りついていて、脱がせるのにだいぶ苦戦していた。

それを見た知紗は、慌てて言う。

「じ、自分で脱ぎますから」

身体を起こし、彼に背を向ける形で、濡れて身体にへばりつくパンツを脱ぐ。

すると久原が後ろから知紗の頤を上げ、唇を塞いできた。

「ふ……っ」

首だけ後ろに向けてするキスは少し苦しいが、ぬるぬると絡まる舌の感触が淫靡で、頭がぼうっとしてくる。

彼の手がTシャツとブラに触れ、頭から脱がせてきた。それを脇に放り、後ろから抱え込む形で座った久原が、耳にキスをしつつ無防備になった胸を揉みしだいてくる。

「あっ……」

耳に感じる温かい舌、大きな手の中でたわむ胸のふくらみがひどく煽情的で、思わず嬌声が漏れた。

背中に感じる彼の身体はしっかりしていて、体重をかけてもまったく揺らがない。やがて久原の片方の腕が、下着のほうに伸びてきた。

「んん……っ」

下着の中に忍び込んだ指が、花弁を割る。

胸への愛撫で感じていたせいか、そこは熱く潤んでいた。愛液を塗り広げるように動いた指が、敏感な花芽を探り当てる。そしてぬめりをまとった指で転がしながら刺激してき

て、知紗はビクッと身体を震わせた。

「は……っ、ん、あ……っ」

指の腹で回すようにする動きに、じんとした愉悦がこみ上げる。

敏感なそこは愛撫に反応して硬くなり、甘ったるい快感に蜜口がますます潤むのを感じた。のけぞるように背後の久原にもたれかかると、彼が肩口にキスをする。そして耳元でささやいた。

「いっぱい濡れてる。聞こえるか？　音」

「……っ」

「これなら指も楽に挿入りそうだな」

花芽を嬲っていた指が割れ目をなぞり、蜜口にめり込んでくる。潤沢に蜜をたたえた内襞（ひだ）がわななき、異物をのみ込んだ。

「はぁっ……あ……っ……」

ゴツゴツとした硬い指が埋められていく感覚に、心拍数が上がる。

下着の中に男の武骨な手が入り込んでいる光景は、視覚的に知紗を煽（あお）った。最初は一本だったものを二本に増やされ、強い圧迫感をおぼえる。片方の手は依然として胸を揉んでいて、背後から身体をすっぽり抱きすくめられる形で逃げられない。

やがて指が引き抜かれ、ホッとしたのも束の間、身体をうつ伏せにして布団に押し倒される。そして腰だけを高く上げられ、下着のクロッチ部分を脇によけた久原が蜜口に舌を這わせてきた。

「んんっ……」

シーツに顔を押しつけ、知紗は漏れそうになる声を抑える。

あらぬところに感じる舌の感触に、中がビクビクと震えて止まらない。気がつけば上気した頬をシーツにすり寄せ、声を上げていた。

「あっ……はぁっ……ぁ……っ」

彼の熱い舌が花弁をなぞり、愛液を舐め尽くす。

蜜口から舌をこじ入れられ、中を舐められる感覚は強烈で、声を我慢することができなかった。甘ったるい愉悦がどんどん身体の奥にわだかまっていき、肌がじわりと汗ばむ。

そのとき久原が舐めるのをやめ、二本の指を挿入してきた。

ぬかるんだ隘路が、粘度のある音を立てて指を受け入れる。根元まで埋めたそれでぐっと奥を押し上げられた瞬間、知紗は声を上げて達していた。

「んぁ……っ！」

頭が真っ白になるような快感が弾け、内壁がぎゅっと引き絞られる。

身体の奥を突き抜けるその感覚は、言葉にできないほど甘美だった。指を引き抜かれるのと同時に脱力し、知紗はぐったりとシーツに横たわる。荒い息をつきながらぼんやりと背後に視線を向けると、彼が棚に手を伸ばして自身の財布を手に取っているのが見えた。

そこから避妊具を取り出すのを見て、知紗はにわかに羞恥をおぼえる。

（……支社長、そんなの普段から持ち歩いてるんだ）

久原の年齢を考えればおかしくはないのかもしれないが、それは過去に〝そういう相手〟がいたことを如実に示している。

それに嫉妬めいた気持ちがこみ上げてきて、ぐっと唇を引き結んだ知紗はモソモソと起き上がり、彼の手に触れて言った。

「それ、わたしが着けてもいいですか？」

「お前が？」

頷いて避妊具を取り上げた知紗は、久原の下衣をくつろげる。

すると隆々と兆した屹立があらわになり、じわりと顔が赤らんだ。

（すごい、おっきい……）

自分の身体に触れてこうなったのだと思うと、うれしさと恥ずかしさが入り混じった複雑な気持ちになる。

パッケージを破って取り出した避妊具を、剛直に被せた。そして充実した幹を手でゆっくりしごくと、彼が熱い息を吐く。

「……っ、は……」

かすかな吐息があまりにも色っぽく、知紗は昂りをつかむ手に思わず力を込めてしまった。

その瞬間、手の中のものがビクッと震え、硬度を増す。久原がかすかに眉根を寄せてこちらを見下ろしており、欲情のにじんだ眼差しに知紗の胸がじんと熱くなった。

（どうしよう、わたし……）

早く身体の奥で、彼を感じたくてたまらない。

どうやらそんな気持ちは表情に出ていたらしく、久原がかすかに顔を歪める。彼は知紗の後頭部を引き寄せ、唇を塞いできた。

「ん……っ、ふっ、……ぁ……っ」

荒々しく舌を絡められ、強く吸い上げられる。

口腔をいっぱいにされながら、それでも屹立を握る手を離さないでいると、手の中のそれがかすかに脈打つのがわかった。さんざん唇を貪った久原が、やがてキスを解いて布団に押し倒してくる。

「あ……っ」

下着を脱がせて脚を広げられ、蜜口に丸い先端をあてがわれる。

熱く漲（みなぎ）るものを感じて、入り口が物欲しげにひくついた。ぐっと強く押しつけられ、潤んだそこがゆっくりと剛直をのみ込んでいく。

「は……っ、ぁっ、……ん……っ」

硬く太いものに、隘路がじわじわと拡げられていく。

濡れていてまったく苦痛はないものの、その質量に強い圧迫感を感じた。できるだけ力を抜いて受け入れながら、知紗は久原を見上げる。彼は熱情を押し殺した目でこちらを見下ろしてきて、その眼差しに理性を灼かれる気がした。

「あ……」

やがて切っ先が最奥に到達し、互いの脚の付け根が密着する。

のみ込まされた大きさに浅い呼吸を繰り返す知紗の顔を撫で、久原が問いかけてきた。

「……平気か？」

「は、はい……っ」

「動くぞ」

緩やかに腰を揺すり、奥を突き上げられて、内壁を擦られる感覚に肌が一気に粟立つ。

激しくはない動きなのにゾクゾクするくらいに気持ちよく、中がすぐに潤みを増すのがわかった。思わず甘い声を上げながら、知紗は彼の二の腕をぎゅっとつかむ。

「あっ……んっ、ぁ……っ」

久原が少しずつ動きを大胆にしてきて、律動のリズムで声が出る。すると彼がこちらを見下ろしてつぶやいた。

「すごいな、お前の中。……ビクビク震えて吸いついてくる」

「……っ」

「もっと激しくしていいか」

頷いた途端、根元まで深く剛直を埋められて、知紗は高い声を上げる。

次第に激しくなる律動に身体が揺れ、縋るものを求めて手を伸ばした。久原が身を屈めてきてその首にしがみつくと、彼は知紗の頭を抱き込んでこめかみにキスをする。久原の身体も汗ばんでおり、かすかに息を乱しているのがわかって、感じているのが自分だけではないことに知紗の胸がいっぱいになった。

その瞬間、気持ちに呼応して内壁がゾロリと蠢き、彼が熱い息を吐く。

「は、……気持ちいいな」

「んぁっ！」

ずんと深く奥を穿たれ、目にチカチカと星が舞う。小刻みに深い律動を繰り返しながら、久原が吐息交じりの声でささやいた。

「個人的に話すようになってから、ふとした瞬間に三嶋のことを目で追っていた。今日は後ろ髪が跳ねてるなとか、やたら難しい顔をしてパソコンのモニターを見てるなとか」

「……っ」

「何かわからないことがあるなら俺に聞けよって、ずっと思ってた。そうしたら何でも教えてやるのにって……でも、それは他の社員に対しては思わないなと気づいて、お前への気持ちを自覚した」

身体を密着させて奥を突き上げながらそう告げられたものの、知紗は受け止めるのに精一杯で深く考えられない。彼が言葉を続けた。

「ときどきミスはあってもお前はいつも真剣に仕事に取り組んでて、プライベートでは素直で明るく、年寄りに優しい。そんなところに心惹かれたし、細い二の腕やうなじを見るたびに触れたい気持ちが募って、いつ手を出してやろうかとタイミングを窺ってた。上司の風上にも置けないな」

　久原が小さく笑って、滅多にないその顔を見た知紗の胸がいっぱいになる。

　彼は間近でこちらを見つめて言った。

「――好きだ。俺はこのとおり愛想がなくて、甘い言葉はそうそう言えない。でもお前のことだけは、うんと甘やかしてやりたいと思ってる」

　その声音には確かに愛情がにじみ、こちらを見る目も優しい。たまらなくなった知紗は、目の前の久原の首に強くしがみついて答えた。

「わたしも支社長が好きです。声も顔も、全部好き……っ」

　するとそれを聞いた彼が、微妙な表情になる。

「また声か。俺はそれくらいしか取り柄がないってことか」

「そ、そんなことありません。ウェブデザイナーとしても、お坊さんとしても、すごく尊敬してます」

　慌てて答える知紗を前に、久原が噴き出しつつ言う。

「そろそろ続きをしてもいいか？」

「あっ……！」

　熱く硬い楔で奥を穿たれ、ひっきりなしに声が出る。

　額に汗を浮かべる彼の顔は欲情をにじませて男っぽく、互いの乱れた息遣いでじりじりと快楽のボルテージが上がっていくのを感じた。嵐のような快感に翻弄されながら、知紗は必死に久原の腕をつかんで言った。

「あ……っ、支社長、もう……っ」

「……っ、ああ、俺も達く」

律動が荒々しさを増し、知紗は悲鳴のような声を上げる。

やがて二度、三度と奥を突き上げられて達するのと同時に、久原もぐっと息を詰めた。

「……っ……」

薄い膜越しに熱が放たれるのを感じ、柔襞が蠕動しながら剛直を締めつける。

すべてを出しきった彼が大きく息をつき、荒い呼吸をしながら見つめ合った。久原が腰を引いて自身を引き抜いたが、内壁を擦られる感触に思わず声が出る。

「はぁっ……」

情事の甘い余韻が身体を満たし、指一本動かすのも億劫なくらいに疲れている。

後始末をした彼が知紗の身体を抱き込みながら布団に横たわり、ため息交じりに言った。

「暑いな。湿度が高いから、汗でベタベタだ。シャワー浴びるか」

「えっ、でも……」

ここが普通の家ではなく寺ということを意識し、知紗は気後れする。すると久原が事も無げに答えた。

「玄関の引き戸に〝外出中〟の札を下げてるし、鍵も閉まってるから気にするな。この雨の中、わざわざ寺に来る人間はいない」

「そ、そうですか」

彼は「柏原さんが心配してるかもしれないから、彩樂寺で雨宿りしてるって連絡しろよ」と言ってくれ、知紗は祖母に電話でその旨を伝える。

それから二人でシャワーを浴びたが、久原は知紗の身体を洗ったり、浴室を出たあとはタオルで丁寧に拭いたりと、甲斐甲斐しく世話を焼いてくれた。しかも「何か飲むか？」と聞いてくれ、予想外の細やかさに知紗は面映ゆさをおぼえる。

（支社長、すごく優しい。こんなにまめな人だなんて）

彼と恋人同士になれたということがまだ信じられず、心がふわふわとしている。

すると久原が腕を伸ばし、頬に触れて言った。

「どうした、ぼーっとして。疲れたか」

「あ、あの、大丈夫です」

「週末はこっちに来てて、実質休みがないもんな。疲れもするか」

それを聞いた知紗は、冷茶が入ったグラスを手に答える。

「支社長のほうが、疲れてると思います。あちこちの檀家さんのところに行ったり、法事をしたり、外の草むしりをして」

「修行時代のほうがハードだったし、ときどき休憩してるから大丈夫だ。今日はこのあと予定がなくて、事務仕事をしようと思ってた」

彼はこちらの頰から手を離さず、撫でたりむにむにとつまんだりしていて、されるがまの知紗は気恥ずかしさをおぼえる。

甘いしぐさに胸がときめきっ放しで、どんな顔をしていいかわからない。これまで鬼上司という印象を抱いていた時期が長かっただけに、久原からここまで優しくされることに免疫がなかった。

するとそんな知紗を見た彼が、さらりと言う。

「そんな顔してたら、また襲うぞ。ただでさえ無防備な恰好をしてるのに、そそる表情をしやがって」

「えっ」

知紗の衣類と下着は、洗濯乾燥機の中で乾かされている。

気がついたときには久原が軽く洗って乾燥機にかけていて、その手際のよさに知紗はただ見ていることしかできなかった。着ていたものをすべて洗われたため、今は彼に借りた大きなTシャツ一枚という恰好だ。男物のためにブカブカだが、太ももの半分ほどまでしか隠れず、その下は何も着ていない。

（三十分くらいで乾くって言ってたけど、この恰好は落ち着かないな。足元がスースーするし）

下着まで手洗いされていたときはびっくりし、恥ずかしさで身の置き所のない気持ちを味わった。修行時にあらゆる雑務をこなしてきた久原は、そうしたことがまったく苦ではないらしい。

（だからって下着を洗ってもらうとか、恥ずかしすぎる。どんな顔していいかわかんない）

そんなふうに悶々と考えていると、彼の指がふいに唇に触れる。

顔を上げた瞬間、久原がこちらをじっと見ていて、心臓が跳ねた。彼は親指で知紗の唇をなぞりつつ、チラリと笑って言う。

「駄目だな。一度触れたら、歯止めが利かない。もっと欲しくてたまらなくなってる」

「……っ」

一気に頭に血が上り、頬が熱くなった。先ほどまでの時間をまざまざと思い出しつつ、知紗は小さく抗議する。

「あ、『甘い言葉は言えない』とか言ってましたけど、そんなの嘘じゃないですか……」

「そうか？　ああ、お前は俺の声が好きなんだっけ」

ニヤリと笑った久原が、知紗の腕をつかんで身体を引き寄せる。

そして耳元に唇を寄せ、甘くひそめた声でささやいた。

「――お前が欲しい。優しくするから、もう一回抱かせろよ」

「……っ」

腰にくるような美声を耳に吹き込まれ、ゾクッとした感覚が背を駆け上がる。

こんなふうに言われて、断れるわけがない。声だけでもドキドキするのに、それが甘い台詞ならもうお手上げだ。

「狡いです。そうやって言うことを聞かせようとするなんて」

恨みがましい口調で抗議すると、彼が楽しそうに答える。

「多少小降りにはなったが雨はまだ止んでないし、服が乾くまで三十分はかかる。いちゃいちゃするのに、絶好の時間だろ」

久原がこんなにも甘い態度を取るなんて、本当に想定外だ。

だが好きな気持ちがある以上、拒絶できるわけがない。そう考えた知紗は心を疼（うず）かせ、キスの予感にそっと目を閉じた。

＊　＊　＊

株式会社initium（イニティウム）の支社長で、クリエイティブディレクターの肩書を持つ久原の仕事は、主にディレクションとプランニングだ。企画書やワイヤーフレームの作成、クライアントとの打ち合わせの他、本社との経営会議に参加したりと多忙を極めている。

スプレッドシートで現在管理しているプロジェクトの一覧を確認すると、規模の大きい案件は六つあり、内容はサービスのデザインやコーポレートビジュアルの設計、コンテンツの制作、〝SaaS（サース）〟、すなわちベンダーが提供するクラウドサーバー上にあるソフトウェアを、ユーザーがインターネット経由で利用できるようにするサービスのディレクションなどがあった。

もし限られた時間の中でこれらをすべて一人でやるとしたら、それぞれの細かいディテールやクオリティは追及しきれない。そのため、他の社員たちにいくつか仕事を割り振っているものの、どの程度まで彼らの個性を認めるかは判断が難しいところだ。

企業に所属するデザイナーに求められているのは、ビジネスサイドの思想をいかに自分なりのエッジを持ったデザインに昇華できるかだといえる。きれいにまとまっただけのデザインや、どこかで見たようなありきたりなものは面白味がなく、クリエイティブディレクターである久原は各デザイナーの個性を引き出しつつ、クライアントが許容できる枠内に収めなければならなかった。

今日の朝、デザイナーの一人から上がってきたのは、とある企業サイトの改修と仕様変更のコンセプト案だった。それに目を通しながら、久原はふと知紗の席が無人なのに気づく。

(あいつは隣の会議室で、チームミーティングか。M社の納期が近いから、あとで進捗を確認しておかなきゃな)

彼女の顔を思い浮かべると、気持ちが和む。

知紗と気持ちを通わせ、恋人という関係になったのは、四日前の土曜日の話だった。棚を運んでいたのを手伝ってやったあとにゲリラ豪雨に襲われ、寺で雨宿りをするように提案したが、ずぶ濡れになった彼女は服が貼りついていて身体の線があらわになっていて、目の毒だった。

着替えとして貸した男物のTシャツを着た知紗は、華奢な体型が際立って可愛らしく、しかも濡れた身体を拭いていたこちらを見て明らかに狼狽していて、その初心な様子を目にした久原の心に火が点いた。

（あいつに惹かれているのは自覚していたけど、すぐに手を出すつもりはなかった。時間をかけて落とすつもりだったのに、濡れた姿を見て欲情してるんだから、我ながら呆れるな）

普段から感情の振れ幅の少ない自分にとっては、かなり意外な反応だ。

久原に迫られた彼女はひどく動揺していたものの、「わたしも好きです」と応えてくれた。そのままなし崩しに知紗を抱いたが、素直なその反応に久原は瞬く間に夢中になった。

知紗は感じやすく、恥じらう様子や細い身体、甘い声が欲情を煽る。避妊具を持ち歩いていた久原をどう思ったのか、彼女はどこか怒ったような顔で「わたしが着けてもいいですか」と聞いてきて、あのときの様子を思い出した久原はモニターを見ながらふと微笑んだ。

（いつもニコニコして天真爛漫な印象だったのに、避妊具を持ってたくらいで嫉妬するなんて、可愛いな。あれは数年前から財布に入れっ放しだったやつなのに）

一度触れると箍が外れてしまい、あれから久原は毎日のように知紗を抱いている。

こんなにも誰かに優しくしたいと思うのが初めてで、久原は自身の変化に感慨深い気持ちになった。昔から仕事第一主義で、女性とつきあっても結婚を具体的に考えたことは一度もない。ここ数年は面倒になって彼女を作っていなかったが、もしかすると本来の自分は交際相手を猫可愛がりしたい性格なのかもしれない。

（俺がおっさんになったからかな。それとも、あいつが七つも年下なせいか）

今までの彼女は久原と年齢が近く、ここまで歳が離れた者はいなかった。

そのせいか知紗の行動がいちいち可愛く思え、構い倒したい気持ちでいっぱいになっている。このあとの仕事の段取りを確認した久原は、今日は何時に帰れるかと考えた。明日と明後日は祝日が続いており、土日も含めれば四連休になる。

連休中は地元に戻って寺の仕事をするつもりだが、明日の朝の出発は少し遅めにしようと考えていた。

（今日は五時からのC社との打ち合わせが終われば、すぐに帰れそうだ。それまでにできるだけ仕事を片づけておこう）

集中して仕事をこなし、午後五時に来社したクライアントとディレクターを交えて商談する。

ようやく仕事の目途をつけたのは、午後六時半だった。スマートフォンを操作し、知紗に「今どこにいる?」と聞いたところ、駅にほど近いカフェだと返事がくる。

徒歩でその店の前まで行くと、彼女が人待ち顔で佇（たたず）んでいた。久原に気づいた知紗がパッと目を輝かせ、笑って言う。

「支社長、お疲れさまです」

「お疲れ」

「今日は車じゃないんですか？」

久原は毎日車で通勤しており、仕事が終わったあとは彼女を拾って自分のマンションに連れ込むのが常だった。知紗の疑問に、久原はさらりと答える。

「車だけど、会社の駐車場に置いてきた」

「どうして……」

「たまには街中で飯を食うのもいいかと思って」

きょとんとする彼女に、久原はチラリと笑って告げた。

「この数日、ほぼヤってばかりだからな。たまにはデートっぽいことをしないと、お前に愛想尽かされそうだ」

「そ、そんな」

じわりと頬を染める様子が可愛く、すぐに触れたい気持ちが募る。

それをポーカーフェイスの下に押し隠した久原は、「行こう」と言って歩き出した。

「どこに行くんですか？」

「せっかく車を置いてきたから、酒が飲めるところにしよう」

五分ほど歩いて到着したのは、過去に何度か来たことがある海鮮居酒屋だった。

「何飲む？」

「えっと……」

彼女がグレープフルーツサワー、久原はビールを頼み、乾杯する。

ここはオーダーが入ってから揚げる丸いさつま揚げが有名で、マヨネーズをつけて食べると美味しい。一口食べた知紗が、目を瞠(みは)って言った。

「んっ、美味しい。外はカリッとしてるのに中がふわふわで、こんなさつま揚げを食べたのは初めてです」

「だろ」

他にも刺身盛り合わせやモツ煮などを頼み、二杯目からは日本酒にする。彼女が地酒を少しずつ飲みながら問いかけてきた。

「支社長は、お坊さんになるために仏教の大学に行ったって言ってましたよね。ウェブデザインは、どこかで専門的に学んだんですか?」

「俺は全部独学だ。元々興味があって中学時代からずっとパソコンをいじってて、高校時代はそういうのに詳しい友人にいろいろ聞きながら、ソフトウェアやサーバーサイドについて学んだ。その後は大学に通いながら、空いてる時間を使ってhtmlやjs.cssといったフロントエンドプログラミングを勉強したって感じかな。ちなみにその高校時代の友人がうちの会社の社長の西村で、あいつの実家は中ノ町の隣だよ」

「えっ、そうだったんですか」

知紗は目を丸くし、ふと疑問に思ったように言葉を続ける。

「ずっとウェブデザインをやるために勉強してきたのに、わざわざお坊さんの資格を取ったのはどうしてですか？　ものすごく厳しい修行だったなら、そんな苦労をしなくてよかったんじゃ」

「親父に頭を下げられたんだ。寺は兄貴が継ぐことに決まってたけど、『いつ何があるかわからないから』って。得度したあとは好きなことをしてもいいって言われて、それを了承した。実際、こうして兄貴が入院して俺が手伝うことになったんだから、その予想は当たってたんだよな。寺の息子として生まれた以上、これもひとつの親孝行だと思ってる」

　僧侶の資格を取ったことは後悔しておらず、檀家の家に行って読経するのは心が洗われる気がする。久原がそう言うと、彼女が笑って言った。

「支社長の読経、わたしすごく好きです。意味はよくわからなくても、ずっと聞いていたいくらいに耳に心地よくて。うちの親戚のおばさんたちにも好評でした」

「他の檀家さんにもときどき言われるが、ちょっと微妙な気持ちだぞ。別に声で売ってるわけじゃないし」

「お父さまやお兄さんも、いいお声なんですか？」

「どうかな。意識したことがない」

　酒気を帯びてほんのり赤らんだ知紗は、無邪気で可愛らしい。やがて話題は仕事のことになり、彼女がお猪口（ちょこ）を手に言った。

「最近、社内で『支社長が優しくなった』って話題になってます。前は要点しか言わなかったのに、何となく当たりが柔らかくなったって。それってわたしが『愛想よくしてください』ってお願いしたからですか？」

「まあな。最初に言われたときは正直『面倒臭いことを言いやがって』って考えていたけど、その後コミュニケーション不足だった自分を少し反省した。今までも注意するときには言いすぎないように気をつけていたし、何がどう駄目だったかを伝えて、あとは極力自分で考えさせるようにしてたけど、たった一言ねぎらいの言葉を添えたり、相手のよかった部分を付け加えるだけで、驚くほど人間関係がスムーズにいくのに気づいた。考え方ひとつで物事は変わるんだってことが、よくわかったよ」

久原は微笑み、知紗を見つめて告げる。

「お前のおかげだ。気づかせてもらえて、感謝してる」

「そ、そんな。わたし、支社長のことをずっと鬼上司だって思ってて、ちょっとでも当たりを和らげてもらえたらって軽い気持ちで言ったことなんです。だからそんなふうにお礼を言われると、かえって恐縮しちゃいます」

「へえ。お前、俺を〝鬼上司〟なんて思ってたのか」

「あっ、えっと……はい」

しどろもどろになる彼女を前に、久原は思わず噴き出す。そしてチラリと時刻を確認して告げた。

「そろそろ出るか」

外に出ると、食べ物と排気ガスが入り混じった雑多な匂いのする夜気が全身を包み込んだ。

ビルの前には客待ちのタクシーが列をなしていたものの、久原はそれに目もくれずに歩き出す。すると知紗が、不思議そうに問いかけてきた。

「支社長、一体どこに……」

「すぐ近くだ」

歩くこと数分、久原が足を踏み入れたのは、おしゃれな結婚式場として有名な真新しいホテルだ。

フロントに向かい、予約していることを告げてチェックインする。スタッフに案内されて到着したのは、高層階の特別フロアだった。

「あの、ここって……」

スタッフが去っていき、ドアが閉まったあと、知紗が戸惑った様子で問いかけてくる。

久原はさらりと答えた。

「言っただろ、デートだって。週末に田舎に一緒に行くのも楽しいが、たまには恋人っぽく過ごすのもお前が喜ぶかと思って。昼間のうちに予約しておいた」

「恋人……」

彼女がじんわりと頬を染め、その腰を引き寄せた久原は笑って言う。

「俺はそう思ってたが、独り善がりだったってことか？　ああ、お前は俺を〝鬼上司〟って思ってたんだっけ」

「そ、それは」

言いよどむ知紗の唇に触れるだけのキスをし、久原は悪戯っぽく告げた。

「――だったら、その印象を改めてもらうように努力しないとな」


「ぁ……っ」

灯りを落とした広い室内に、あえかな声が響く。

キングサイズのベッドにうつ伏せになった知紗の腰を片方の腕で抱き、ジャケットを脱いだシャツ姿の久原はその首筋に舌を這わせていた。髪を掻(か)き分けた隙間から覗(のぞ)く白い首はすんなりと細く、欲情をそそる。

彼女は手元のシーツをきつくつかみながら、こちらに視線を向けて言った。

「……っ、支社長……」

「ん？」

「ぁ、どうして、そこばっかり……っ」

先ほどから久原は首筋や耳ばかりを攻め、他のところは触っていない。どこか焦れた様子の知紗を見つめ、久原は笑って告げる。

「お前は俺とつきあってるんだっていう自覚が薄いようだから、愛情を感じるようなやり方をしようと思って。すぐに挿れられるよりいいだろ」

「そ、そんなことないです。さっきは〝恋人〟って言ってもらえて、すごくうれしかったんですから。誤解しないでください」

「じゃあ、いまだに俺を〝支社長〟って呼び続けてるのはどうしてだ？」

すると彼女はぐっと言葉に詰まり、小さな声で答えた。

「それは……その、癖になっちゃってて。会社でそう呼んでいるので」

「………」

「あの、ちゃんと呼びますから。明慶(あきよし)さんって」

久原はふっと笑い、知紗の身体をこちらに向かせる。

そしてその身体に覆い被さると、彼女が腕を伸ばしてぎゅっと強く首に抱きついてきた。

「好きです、明慶さん。嘘じゃないから信じてください」

しがみつく腕の強さに必死さがにじんでいて、久原はそんな知紗にいとおしさをおぼえる。

細い身体を抱き返しながら、想いを込めてささやいた。

「俺のほうこそ、ごめん。お前が全然名前で呼んでくれないから、ちょっと意地悪をした。いい歳して拗(す)ねてたんだ」

「明慶さんが……？」

「ああ。駄目だな、久しぶりの恋愛で、全然歯止めが利かない。知紗を可愛がりたくてたまらなくなってる」

名前を呼ばれた彼女が、じんわりと顔を赤らめる。そしてその瞳に恋情をにじませながら答えた。

「わたしは明慶さんに触られるとうれしいので……我慢なんかしないでください」

いとおしさをおぼえながら知紗の唇を塞ぎ、口腔に押し入ると、彼女の舌が応えてくる。久原より格段に小柄な知紗の身体はすっぽりと腕の中に納まり、庇護(ひご)欲をそそった。ゆるゆると舌を絡ませるのが心地よく、蒸れた吐息を交ぜるうちに、淫靡な気持ちが高まっていく。

「は……っ」

離れがたい気持ちでキスを解いた途端、知紗が上気した顔でこちらを見た。

そんな彼女の首筋に唇を這わせ、やんわりと胸のふくらみをつかみながら、久原は徐々に反応を引き出していく。

首が性感帯らしい知紗は、そこに触れられるだけで息を詰めた。カットソーをまくり上げると、繊細なレースでできたブラがあらわになる。胸の大きさは小さすぎず適度で、カップを引き下げると清楚(せいそ)な色をした乳暈(にゅううん)が姿を現した。

「ん……っ」

舌先で触れた瞬間、彼女がビクッと身体を震わせた。

敏感なそこはみるみる芯を持ち、つんと勃(た)ち上がる。繰り返し舐め、ときおり吸い上げる動きに、知紗が次第に息を乱した。

「はぁっ……」

唾液で濡れ光り、色を濃くしたそこは清楚なのに淫靡で、ブラのカップから中途半端に垣間見えているのがかえっていやらしい。

上体を起こした久原は、彼女の上衣とブラを脱がせて床に放った。そして無防備になった胸をつかみ、改めてその先端に吸いつく。

「んっ、明慶さん、電気……」

灯りを消してほしいと訴える知紗をチラリと見やり、久原は胸を愛撫するのを止めないまま答えた。

「消さなくていい。俺はお前の身体が見たいし」

「ぁ、でも……っ」

これ見よがしに舌先で胸の尖(とが)りを舐めると、彼女が羞恥に顔を赤らめる。

恥ずかしいのに目をそらせず、こちらを見つめ続けている様子が可愛い。そう考えながら思うさま胸を愛撫した久原は、やがて身体を起こす。

「あ、……」

知紗のスカートを脱がせ、ストッキングも伝線しないように気をつけながら取り去って床に放った。ほっそりした脚を唇でなぞり、小さな膝頭にキスをする。白い太ももに唇を這わせ、やがて下着に辿(たど)り着いたが、そこは既にじんわりと湿っていた。

「ん……っ」

クロッチ部分を指でゆっくりなぞると、内側がぬるりと滑るのがわかる。かすかな水音が聞こえ、それに気まずさを感じたように彼女が足先を動かした。しかし久原は脚を閉じるのを許さず、割れ目に沿って指を行き来し続けた。

「あ……っ、や……っ」

じんわりとクロッチ部分の湿り気が増していき、粘度のある水音が聞こえる。知紗が腕を伸ばし、こちらの手の動きを押し留めようとしたものの、久原はやめない。上部にある花芽をぐっと強く押すと、彼女の腰がビクッと跳ねた。

「あっ……！」

布越しでも硬くなっているのがわかるそこを、指で刺激する。引っ掻くようにしたかと思えばスリスリとさする動きに、知紗が切れ切れに声を漏らした。

「はぁっ……明慶さん……っ、んっ」

唇を塞ぎ、舌を絡めながら愛撫を続けると、彼女がくぐもった声を漏らす。下着の中に手を入れ、直に花弁に触れたところ、そこはすっかり熱くなっていた。溢れ出た愛液でぬるぬるになった敏感な尖りを指で嬲り、形をなぞる。知紗の太ももが震え、声が漏れた。

「あ……っ！」

蜜にまみれた花芽はコリコリとしこっていて、その弾力が指に愉しい。

触れれば触れるほど蜜口から愛液がにじんでいくが、あえて快楽の芽だけをいじって彼女を啼かせた。すると知紗が、上気した頬を久原にすり寄せて言う。

「ぁ、中も、触ってほし……っ」

愛撫をねだるしぐさにぐっと心をつかまれながら、久原は右手の中指を蜜口に埋めていく。

ぬかるんだそこはひどく熱く、柔襞が蠕動しながら指に絡みついた。

「んっ……あ、はぁっ……」

隘路で指を行き来させ始めた途端、中に溜まっていた愛液が溢れる。

ぬるつく内壁がビクビクと蠢き、指を締めつけてきた。中に挿れる本数を増やすと、彼女が小さく呻く。その目元に口づけながら、久原は徐々に抽送を激しくした。

「は……っ……ぅっ……あ……っ」

断続的に締めつけがきつくなり、愛液の分泌が多くなる。やがて最奥をぐっと突き上げた瞬間、知紗が声を上げて達した。

「あ……っ！」

溢れ出した蜜が手のひらを濡らし、隘路が絶頂に震える。

涙目で息を切らした彼女が、こちらを見て恨みがましく言った。

「わ、わたしばっかりで、明慶さんは全然じゃないですか……」

「じゃあ、お前も触るか？　俺の身体」

知紗が頷き、モソモソと起き上がる。そして久原の顔に触れ、じっと見つめてつぶやいた。

「明慶さん、こんなに恰好いい顔をしてるので、何だか心配になっちゃいます」

「何がだ」

「最近、会社の女性社員たちの間で、明慶さんの恰好よさが話題になってるんです。『前は怖かったけど、ちょっと優しくなった今ならアリだよね』って」

久原は胡乱（うろん）な表情になり、彼女の顔を見つめる。

これまで会社の女性社員たちを恋愛対象として見たことはなく、彼女たちが本当に自分にそういう気持ちを向けているのかどうかは疑わしい。知紗の心配は杞憂（きゆう）だと思うが、彼女のほうはそうではないらしく、強い意志を漲らせた顔でこちらを見た。

「だからわたし、明慶さんに飽きられないように努力しようと思って。いつもされる一方ですけど、今日は気持ちよくできるように頑張ります」

「あ、ああ」

圧倒される久原の肩に手をかけた知紗が、首筋にキスをしてくる。

彼女の吐息と柔らかな髪がくすぐったく、久原はピクリと身体を揺らした。首筋から喉元、鎖骨についばむように唇を押し当てた知紗が、伸び上がるようにして口づけてきた。押し入ってきた小さな舌を、久原は舐め返す。

「……んっ、……は……っ」

　ぬるぬると互いの舌を舐め合い、吐息を交ぜる。

　やがてキスを解いた彼女が、シャツのボタンをひとつひとつ外してきた。そしてふと気づいた顔で言う。

「明慶さん、お臍の横にほくろがあるんですね」

「ん？」

　気にしたことはないが、確かに言われてみれば臍の左側に小さなほくろがある。

　それを見つめた知紗が、どこか恥ずかしげにつぶやいた。

「何だか色っぽいです。普段見えないところにこういうのがあるのって」

　そういうものだろうか。

　あらわになった胸元に、彼女が吸いついてくる。ちゅっという音を立てながら肌に唇を押し当て、手のひらで撫でさすってくるが、その刺激は気持ちいいというよりどこかもどかしい。知紗の手のひらをつかんだ久原は、それを自分の股間に持っていく。ドキリとした表情の知紗に、押し殺した声で問いかけた。

「口でできるか？」

　彼女が頷き、久原はベッドの上で膝立ちになると、ベルトを外す。

　スラックスの前をくつろげていきり立つ自身を取り出した途端、知紗がじわりと顔を赤らめた。しかしすぐに手を伸ばし、幹をつかんだ彼女が亀頭をそっと舐めてくる。

「……っ」

濡れて温かな舌先を感じ、ピクリと身体が揺れた。

丸い先端に舌を這わせ、裏筋をくすぐった知紗が、鈴口をちゅっと吸う。昂ぶりに唇を寄せるその姿はひどく煽情的で、幹が硬度を増すのがわかった。久原は彼女の髪に触れ、吐息交じりの声で告げる。

「……横から咥えて」

言われるがままに知紗が幹を横から咥え、血管の浮いた表面を舌でなぞる。

ひとしきりそうして愛撫したあと、亀頭を口の中に迎え入れた。温かな口腔とぬめる感触に快感をおぼえつつ、久原は熱い息を漏らす。そして彼女の頭をつかみ、ゆっくりと奥まで剛直をのみ込ませた。

「んぅっ……」

切っ先で喉奥を突かれた知紗が苦しそうな声を漏らし、久原はわずかに腰を引く。

口腔に挿れられたものに彼女が懸命に舌を這わせてきて、唾液が淫らな音を立てた。小さな口の中は熱く、このまま達ってしまいたいくらいに気持ちよかったが、しばらく堪能した久原は知紗の口から屹立を引き抜く。

彼女は涙目で息を乱していて、濡れたその唇を久原は親指で撫でた。そして知紗の後頭部を引き寄せ、唇を塞ぐ。

「……っ……ふ、……ぅっ……」

ねぎらうように舌を絡め、熱っぽい口の中を舐めるうち、間近で視線が合った。

彼女の潤んだ瞳にはこちらへの恋情がにじんでいて、久原はいとおしさをおぼえる。優しくしてやりたい気持ちと、思うさま貪りたい気持ちが同じくらいの強さでせめぎ合い、じりじりと欲情が高まるのを感じた。

キスを解いた久原は避妊具を取り出し、それを自身に装着する。そして知紗を自分の上に誘って促した。

「今日はお前が頑張るんだろ。ほら」

「……っ、はい」

久原の腰を跨いだ彼女が、屹立を蜜口にあてがう。

そのまま受け入れようとしたものの、愛液でぬるりと滑って挿入らなかった。

「あっ……」

先端のくびれた部分が花芽に引っかかり、快感をおぼえたらしい知紗が甘い声を漏らす。

そのまま花弁に幹の部分を挟み込み、彼女が素股の要領で腰を動かしてきて、ぬるつくその感触に久原は顔を歪めた。

「……っ、おい」

焦らすようなその動きに、じりじりともどかしさが募る。知紗がこちらの首にしがみつき、ため息のような声でささやいた。

「ぁ……っ、明慶、さん……っ」

接合部から粘度のある水音が立ち、密着した花弁が幹に吸いついてくる。

早く突き入れたい気持ちがこみ上げるものの、余裕ぶって彼女に任せた以上、そんなわけにもいかない。我慢比べのような時間が続き、やがて白旗を上げたのは知紗のほうだった。

後ろ手に昂ぶりをつかんだ彼女は先端を蜜口に押し当て、ゆっくりと中にのみ込み始める。

「んん……っ」

「……っ」

熱く潤んだ隘路に亀頭が埋まり、久原はぐっと強く奥歯を噛む。

知紗の中は狭く、上に乗る姿勢も相まって、入り込む屹立をきつく締めつけてきた。柔襞を掻き分けながらじわじわと進み、切っ先が最奥に到達した瞬間、彼女が感じ入った声を漏らす。

「はぁっ……」

一分の隙間もなく密着した襞が啜（すす）るように蠢き、薄い膜越しに知紗の体温をつぶさに感じて、久原は快感をおぼえる。

受け入れた質量が苦しいのか、彼女は浅い呼吸をしながらしばらくそのまま動かなかった。ようやく中が馴染（なじ）んだ頃、久原の肩につかまりながらゆるゆると腰を揺らし始める。

「はぁっ……ぁ、あっ……」

知紗の動きは激しくはないものの、きつい締めつけが久原に愉悦を与える。

次第に愛液の分泌が増え、ぬるりと奥まで入り込む感触に射精感がこみ上げた。しばらく彼女の好きにさせていた久原は、その腰を押さえて下から強く突き上げる。

「んぁ……っ！」

隘路がぎゅっと収縮し、知紗が高い声を上げた。

危うく達ってしまいそうになるのをやり過ごし、久原は律動を送り込みながらささやく。

「──そろそろ好きに動かせてくれ」

「あっ、あっ」

尻をつかんで思うさま中を突き上げ、屹立で最奥を抉る。

細い肩口に軽く歯を立てると、彼女の身体がビクッと震えた。なだめるように肌を舐めた途端、その動きにも内襞がわななき、久原は笑う。

「……はっ、どんなことしても感じるなんて、エロすぎだろ」

「……っ……ごめんなさ……っ」

「謝るなよ。可愛いんだから」

知紗の目が潤み、こちらの首にしがみつく手に力がこもる。彼女は律動に揺らされつつ、切実な瞳でつぶやいた。

「……好き、明慶さん……っ」

「…………俺もだよ」

気持ちを素直に言葉にする知紗を、心からいとおしく思う。

仕事ばかりで恋愛に興味がなかった久原の中に、彼女は自然な形で滑り込んできた。その天真爛漫さはこちらのガードを徐々に崩し、気づけば一緒にいる時間を楽しんでいる。

抱いてみれば存外艶っぽく、より一層愛情が強まった。久原は知紗の身体をベッドに押し倒し、その上に覆い被さる。そして汗ばんだ顔を見下ろし、ふいに言った。

「――お前にどう見えてるのかわからないが、俺はかなり惚れてるぞ」

「えっ」

彼女がびっくりしたように目を丸くし、「それって、あの」と何か言いかける。しかし片方の膝をつかんで強く腰を押しつけると、声を上げた。

「あ……っ！」

先ほどより動きやすくなった体勢で、知紗の身体を突き上げる。

対面座位とは違った締めつけが心地よく、久原の中にじわじわと射精感が募った。細い腰をつかみ、深い律動で中を穿つ。繰り返し根元まで埋められる剛直に、彼女が切羽詰まった顔でシーツをつかんだ。

「や……っ、これ、深……っ」

「ああ、……もう達く」

果てを目指す動きに揺さぶられ、知紗が悲鳴のような声を上げる。

その声に煽られながら何度か深く奥を抉った久原は、やがてぐっと奥歯を噛んで熱い飛沫を放った。

「……っ」

「あ……っ」

わななく隘路が引き絞るように蠢き、彼女も達したのがわかる。

ゆるゆると腰を動かしながら薄い膜越しにすべてを放った久原は、充足の息をついた。

楔を引き抜いて後始末をしていると、知紗が「あの」と切り出した。

「明慶さん、さっきわたしに『惚れてる』って言いましたけど、具体的にどこが好きなんですか?」

情事の余韻も冷めやらぬ乱れた姿のまま、シーツで胸元を隠した彼女がキラキラした目で問いかけてくる。

その瞳は好奇心と期待で輝いており、どこか子どもっぽいその表情に久原はおかしくなった。

(……こういうところなんだよな)

知紗は変に大人ぶったり駆け引きのようなことはせず、気持ちを素直に表に出す。

その純粋さは久原を安心させ、同時に庇護欲をそそった。思わず微笑んだのをどう思ったのか、彼女がこちらを覗き込んでくる。

「明慶さん?」

目が大きく可愛らしいその顔を見下ろし、久原はおもむろに知紗の頬をつまんだ。

「ちょっ、何するんですか」

「つまみたくなる顔だなと思って。白くて餅みたいで」

「わ、わたしの顔が丸いってことですか？」

ドキリとしたように自分の頬を押さえる様子がおかしくて、久原は笑いを嚙み殺す。

そして彼女の身体を抱き込んで横たわりながら言った。

「お前のどこに惚れてるかだけどな、――内緒だ」

「えっ」

「簡単にわかったら、面白くないだろ」

するとと呆気に取られた顔をしていた知紗が、すぐにむくれた表情になる。彼女は久原の胸に乗り上げて抗議してきた。

「ずるいです。何だかわたしばっかり、明慶さんに好き好き言ってるじゃないですか」

「そんなことないだろ」

「そんなことありますよ」

怒る知紗の乱れた髪を撫で、久原は提案した。

「もっと抱かせてくれたら、言う気になるかもしれないな。せっかく明日から連休だし、中ノ町に行くのはいつもより遅めでいい。時間はたっぷりあるが、どうする？」

彼女がぐっと言葉に詰まり、しばらく考えたあとに何ともいえない顔になる。

「……何だか論点をずらして、上手く丸め込まれてるような気がするんですけど」

「そうか？」

「でもわたしは明慶さんが好きなので、もっといっぱいくっつきたいです。だからいいですよ」

思いのほか素直な答えが返ってきて、久原は眉を上げる。

そしてその笑顔に面映ゆい気持ちをおぼえながら、知紗の身体を再びベッドに押し倒し、つぶやいた。

「……そういうところなんだけどな」

「えっ、何ですか？」

聞こえなかったらしい彼女が問い返してきて、久原は笑みを深くする。

そしてその白い胸に顔を埋め、弾むような感触のふくらみにキスをして言った。

「――何でもない」

第七章

連休の初日である木曜日、前日の夜に久原とホテルに宿泊した知紗は、だいぶ寝坊をした。

目が覚めると朝の八時半で、ちょうどシャワーから上がってきたばかりの彼が濡れ髪をタオルで拭きながら言う。

「おはよう。ぐっすり寝てたな」

「お、おはようございます……」

広々とした部屋には、朝の日差しが明るく差し込んでいる。

ベッドの中にいる知紗は何も身に纏っておらず、慌てて寝具を引き寄せた。見慣れない部屋に混乱したものの、すぐに昨夜のでき事を思い出す。

(そうだ。明慶さんと一緒にご飯を食べて、そのあとホテルに来て……それで)

初めて足を踏み入れたラグジュアリーホテルはロビーからして高級感があり、高層階の特別フロアにあるこの部屋はかなり値が張るのだとわかった。

昨夜はまったく見る余裕がなかったが、室内のインテリアはシックでモダンなもので、置いてある調度のひとつひとつのセンスがいい。キングサイズのベッドはすっかり乱れていて、知紗はじんわりと気恥ずかしさをおぼえた。身体の奥には、まだ久原が挿入っているような感覚が残っている。

（結局三回くらいしちゃったんだっけ。最後のほうは、あんまり記憶にないけど……）

無防備な寝顔を晒していたことが、今さらながらに恥ずかしくなる。そんな知紗の下に歩み寄ってきた久原が、ベッドの縁に腰掛けて言った。

「どうした、もしかして具合でも悪いか？」

うつむいているこちらの髪に触れ、彼がそう問いかけてきて、知紗はモゴモゴと答えた。

「あの、あんまり見ないでください」

「ん？」

「わたし、昨夜メイクも落とさずに寝てしまって、きっとひどい顔ですから」

しかもさんざん汗をかいたため、こんな明るい中で見るに堪えない顔になっているに違いない。そんな知紗の言葉を聞いた久原が、噴き出して言った。

「別にそんなに変わんないけどな。俺は今風呂から上がったばかりだけど、一緒に入って全身きれいに洗ってやろうか」

「ひ、一人で大丈夫です」

バスルームに向かい、シャワーを浴びながら、知紗は面映ゆい気持ちを押し殺す。

（明慶さんと恋人同士になったのは先週の土曜日だから、まだ五日しか経ってないのに

……こんなに変わるなんて、嘘(うそ)みたい）

クールで表情の変化に乏しく、怖い印象すら抱いていた久原は、恋人になると予想外に優しい男だった。

　何気ない瞬間に頭をポンと叩(たた)いたり、頬をつまんだりと、スキンシップが多い。一緒にシャワーを浴びて全身を洗ってくれることもあり、その甲斐甲斐(かいがい)しさは当初のイメージを大きく覆すものだ。

　ときどき見せる笑顔は普段の硬質な雰囲気から一変し、知紗は毎回ドキドキしてしまう。そして一番のポイントはやはり声で、耳元でささやかれるたびに官能を刺激され、身体の奥に熱を灯される気がした。

（今まで知らなかった顔を見せてもらえるようになって、わたし、あの人のことをどんどん好きになってる。……一緒にいるだけでうれしいし、すごく楽しい）

　いい香りのするアメニティで髪と身体を洗い、メイクの残滓(ざんし)も洗い流す。

　身支度を整えて部屋に戻ると、そこには久原がルームサービスで頼んだ朝食が並んでいた。

「わ、すごい。美味しそう」

　エッグベネディクトや焼き立てパン、季節のフルーツを食べながら、彼が問いかけてくる。

「今回は中ノ町に三泊するから、着替えが必要だな。ルート的に、先に俺の家に寄ってからお前のアパートに行って、出発するか」

「そうですね」

知紗の車はとっくに修理から戻ってきていたが、久原から当然のように一台で行くことを提案され、了承する。

約二時間弱の中ノ町への道中は、まるで旅行に出掛けるような雰囲気で楽しかった。互いの家族の話や仕事のことなどをいろいろ話しつつ目的地に到着し、車を降りる。すると久原がふいに言った。

「うちの親父に会っていくか?」

「えっ?」

「柏原さんの孫だと知って、お前に興味を持ってたから」

言われるがままに彼についていき、寺の玄関を開けると、奥から七十代くらいに見える瘦身の僧侶が出てくる。久原が知紗を紹介した。

「親父、彼女が柏原さんの孫だ。会社で俺の部下でもある」

「おお、そうか。初めまして、明慶の父でこの寺の僧侶をしております、良信です」

合掌しながらにこやかに挨拶され、知紗は慌てて頭を下げる。

「初めまして、三嶋知紗です。いつも祖母がお世話になっております」

「柏原さんとはこのあいだ道で会ってお話ししましたが、お孫さんのことを大層自慢されておりましてなあ。『愛嬌(あいきょう)のある、明るい子だ』と」

「そ、そうですか」

久原の父の良信は穏やかな人物で、目元が彼とよく似ていた。ひとしきり雑談を交わしたあと、知紗は彼らに暇を告げる。

「では、わたしはこれで」

寺を出ると、外は夏らしい天気で気温が高く、日差しが強かった。

塀の向こうには集落を囲む山の連なりが見え、木々が青々と生い茂っている。蝉のうるさい鳴き声を聞きながら境内の石畳を踏みしめ、着替えなどが入ったキャリーバッグを引いて門の方向に歩いていた知紗は、ふと行く手から日傘を差した女性が歩いてくるのに気づいた。

同年代か少し年上に見える彼女はほっそりしていて、緩く波打つ長い栗色の髪と口元のほくろが仄かな色気を感じさせる。儚げな雰囲気に小花柄のワンピースと白い日傘が、よく似合っていた。

(きれいな人。近所の人がお参りに来たのかな)

よく見ると女性はわずかに右足を引きずっており、その歩き方が印象に残った。

彩樂寺から歩くこと五分、祖母の家に到着すると、出迎えたシズが冷たいお茶を淹れてくれる。居間のちゃぶ台でグラスに口をつけた知紗は、電話の横の壁に小さな水墨画の掛け軸があるのを見つけて問いかけた。

「お祖母ちゃん、あの掛け軸どうしたの？　このあいだ来たときはなかったよね」

「実はね、みっちゃんに誘われて水墨画の講座に参加したの。先生に教わって、私が描いたのよ」

「えっ、すごい」

聞けばこの中ノ町にはプロの水墨画家がいて、ときどきワークショップを開催するらしい。

近隣の老人たちに大人気の講座で、二時間ほど描き方のレクチャーを受け、最終的に作品を額装や掛け軸に仕立ててくれるという。

「花菖蒲(はなしょうぶ)の形が、よく描けてるね。葉っぱはシュッとしてるけど、花びらが特徴的で」

「でしょう」

絵を褒められたシズはご満悦で、それを見た知紗は歳を取っても趣味が持てるのはいいなと考える。

その日は台所の片づけを重点的にし、処分するものをまとめた。季節ごとの器や皿はかなりの数があり、不用品回収業者に来てもらうことにしたものの、その前にシズが自身の長女である清美に連絡を取る。

「もし欲しい食器があるなら分けてあげる」と連絡したところ、彼女は喜んで明日の昼にこちらに来ると答えた。

「じゃあ明日は、伯母さんもお昼ご飯を一緒に食べるってこと?」

「そうだねえ」

祖母に「明慶さんもお呼びしたらどうか」と言われた知紗は、ドキリとして答える。

「でも、忙しいかもしれないし……」

「電話してみたら？」

彼女に言われるがまま電話をかけたものの、彼は仕事中なのか応答せず、三十分後に折り返しかかってきた。久原は知紗の誘いに驚いたように言った。

『昼飯を一緒にって、いいのか？　お邪魔しても』

「はい。伯母が来るのでたくさん作りますし、ぜひにって。お父さまもお誘いしたらどうかって言われたんですけど」

『ああ、ちょっと聞いてみる』

二人とも都合は大丈夫で、知紗は彼に明日の正午に来てくれるように伝えて電話を切った。そしてシズと相談しながら、何を作るか考える。

「今日のうちに、下拵え（したこしら）できるものはしておいたほうがいいだろうね」

「じゃあ、あとで一緒に買い物に行こっか」

小さなスーパーや肉屋などがある商店街は、目と鼻の先だ。

翌日の午前は二人で納戸の断捨離を少しやったあと、昼食作りに取りかかった。料理上手なシズがせっせと働いてくれ、知紗もその横で何品か作る。

午前十一時には伯母の清美が車でやって来て、家の中を見て歓声を上げた。

「あらー、だいぶ片づいてきたわねえ。知紗ちゃん、しっかりやってるじゃないの。感心、感心」

　彼女は片づけ終わった部屋を見て回ったあと、処分する予定の食器の山から自分が欲しいものをあれこれ選ぶ。

　それを横目に料理の仕上げをし、昼の十二時になると、玄関のチャイムが鳴った。知紗が引き戸を開けたところ、そこには久原の姿がある。

「お招きありがとうございます。お言葉に甘えてお邪魔いたしました」

　僧侶モードで敬語の彼は、法衣ではなく藍色の作務衣姿で、知紗は新鮮に感じる。

（明慶さん、作務衣も似合うんだ。……恰好いい）

　寺で雑事をする際には、動きやすい作務衣を着ることが多いという。聞けば父親の良信は電話中のため、少し遅れてくるとのことだった。

「そうですか。では、お先に中にどうぞ」

　仏間との続き間に久原を通すと、彼はシズと清美に丁寧に挨拶した。そして当たり前のように仏壇に向かって座り、一礼して合掌したあと、ろうそくに火を灯す。

　線香を三本手に取って火を点け、手であおいで炎を消すと、正三角形になるようにそれを立てた。久原は数珠を手に、「南無大師遍照金剛」と念仏を唱える。背すじの伸びたその後ろ姿を見た知紗は、胸がきゅんとするのを感じた。

（……わたし、やっぱりお坊さんの明慶さんも好きだな）

　会社で仕事をしているときの彼は、怜悧な顔立ちがいかにも切れ者の雰囲気を醸し出し、仏教との関わりを微塵も感じさせせない。

だがこうして僧侶としての姿を見ると、その凛とした佇まいにこちらまで背すじが伸びる気がする。

やがて五分ほどして良信がやって来て、昼食となった。大きなちゃぶ台には五目ちらし寿司、アボカドと鮪のなめ茸和え、蛸と里芋の煮物、餃子の皮で作ったピザ、葱チャーシュー、ししゃもの南蛮漬けなどが並び、華やかだ。

知紗は遠慮がちに良信に声をかけた。

「あの、苦手なものとかがあれば、遠慮なくおっしゃってくださいね。もし菜食しか召し上がらないのであれば、何か別に用意しますから」

ちなみに久原が肉や魚を普通に食べていたため、知紗は「お坊さんなのに、精進料理じゃなくていいんですか」と聞いたことがある。

彼の答えは、「僧侶になるまでの修業期間は菜食、つまり精進料理で過ごすが、得度したあとは自由に食事が選べる」というものだった。今は生涯に亘って菜食を貫く人は少なく、肉食が当たり前なのだそうだ。一方で肉食をしないという戒律を遵守する僧侶は、尊敬を込めて〝律僧〟と呼ばれるという。

良信がにこやかに答えた。

「この歳になってあまり重いものは食べられなくなりましたが、好き嫌いはないので大丈夫ですよ」

「そうですか、よかったです」

食事は和やかに進み、清美が目を瞠って言う。

「んっ、このアボカドと鮪のなめ茸和え、美味しいわ。知紗ちゃんが作ったの？」

「うん。角切りにした鮪とアボカドを、酢とごま油、ちょっぴりのお醤油となめ茸で和えただけ。すぐできるよ」

他に餃子の皮で作ったピザと葱チャーシューが、知紗が作ったものだ。

ピザはフライパンに餃子の皮を少しずつ重ねながら丸くなるように並べ、ケチャップとマヨネーズを混ぜたソースを塗って、上に玉ねぎやウインナー、ピーマン、チーズを載せて焼いた簡単なものだ。皮がカリッとクリスピーになり、軽いのでいくらでも食べられる。

葱チャーシューは市販の焼き豚を食べやすい大きさに切り、みじん切りにした搾菜や白髪ネギと一緒に、鶏ガラスープの素と辣油、醤油とごま油で和えた。どれも簡単だが好評で、ホッと胸を撫で下ろす。

（お祖母ちゃんのちらし寿司、やっぱり美味しい。前の日に具材を煮ておけば当日はすぐできるし、多めに作って冷凍するといつでも食べられていいかも）

蛸と里芋の煮物も味がじんわり染み込んでおり、こういう料理はなかなか真似できないと考える。

そんな知紗の向かいで、久原は黙々と食事していた。姿勢がよく端然としていながら、実際は旺盛な食欲を見せていて、それを見た知紗は微笑ましい気持ちになる。清美が隣でしみじみと言った。

「しかし明慶さんは、つくづく男前よねえ。私は結婚してこの町を出ていったから小さい頃しか知らないけれど、本当に立派になられて。普段は別のお仕事をされてるんでしょう？　会社でもモテモテでいらっしゃるんじゃない？」

　どうやら祖母は、噂好きな彼女には知紗と久原の繋がりを話していないらしい。清美の言葉に、久原が淡々と答えた。

「残念ながら、特には。部下の目から見た私は、どうやら〝鬼上司〟らしいので」

　先日の自分の発言を当てこするような言い方に、知紗はドキリとして視線を泳がせる。

　気まずい気持ちでししゃもの南蛮漬けを口に運んでいると、彼女が目を丸くして久原を見た。

「そうなの？　何だか意外だわ、私たちにはこんなに丁寧なのに」

「やはり僧侶として檀家さんに接するときとは、対応の仕方が違いますから。職種も違いますし」

「そういえば、どんなお仕事をしていらっしゃるの？」

　彼が「ＩＴ関係です」と答えたところ、伯母はこちらを向いて言う。

「じゃあ知紗ちゃんと似ているのかしらね。あなたはウェブデザイナーとか言ってたでしょ」

「う、うん」

〝実は同じ会社で働いている〟と知れば清美がうるさくなるのは目に見えていて、知紗は曖昧に言葉を濁す。

すると彼女は「いいことを思いついた」という顔でおもむろに知紗の両肩をつかみ、久原のほうにぐいっと向けて告げた。

「明慶さん、もし恋人がいらっしゃらないなら、この子なんてどうかしら。少々がさつなところはあるけれど、お祖母ちゃん思いで気立てのいい子よ。こうしてお料理だってするし、お仕事の内容も近いんだから、結婚相手としてもってこいだと思わない？」

「ちょっ、伯母さん……っ」

いきなり暴走を始める伯母を前に、知紗は慌てて彼女を制止しようとする。

清美に勧められるまでもなく自分たちは既に恋人同士だが、そういう関係になってまだ日が浅い。それなのに久原の父親の前で妙な勧め方をされるのは、ひどく落ち着かない気持ちだった。

どんな顔をしていいかわからず久原のほうを見られずにいると、知紗の焦りを見た彼がふと微笑む。そしてお茶を一口飲み、さらりと言った。

「そうですね、確かに素敵なお嬢さんです。――私には勿体ないくらいに」

「……っ」

いつもほとんど表情を変えない久原の珍しい笑顔に、清美がじんわりと頬を染める。

にわかに興奮した彼女が「明慶さん、だったら……」と猛プッシュしようとするのを、シズが止めた。

「やめなさい、食事の席で行儀の悪い。明慶さんを困らせるもんじゃないよ」

「お母さん、でも――」

「清美」

重ねて言われ、清美が「……はい」と言って渋々黙り込む。

そんなやり取りを前に、良信はニコニコして食事を続けていた。やがてテーブルの上の料理があらかたなくなり、彼らが礼を述べて帰っていく。台所で食器を洗う知紗に対し、清美が隣で皿を拭きながら言った。

「明慶さん、さっきの様子じゃまったく可能性がないわけじゃなさそうよね。だって満更でもなさそうな顔をしてたじゃない？　知紗ちゃん、あんたこっちに来てるあいだに頑張りなさいよ。あんなに色男なんだもの、悪くないでしょ」

「えっ、あの」

しどろもどろに答えていると、シズが娘を呼ぶ。

「清美、納戸の片づけを手伝ってちょうだい。ただで物をもらって何もせずに帰ろうだなんて、そんな図々しいことは許さないよ」

「わ、わかったわよ」

祖母がさりげなく伯母を遠ざけてくれ、知紗は内心安堵する。

翌日は不用品を紐でくくったり、押し入れの中を掃除したりするので時間が過ぎた。夕方、祖母が夕食を作っているときにふと窓の外を見ると、晴れているのに雨が降っている。

空は淡い水色と茜色が入り混じった何ともいえない色をしていて、にわかに写真を撮りたくなった知紗は、「ちょっと散歩に行ってくる」と言って傘とスマートフォンを手に外に出た。

(きれいな空。上手く撮れるかな)

外は雨で湿った土と埃が入り混じる、独特の匂いがしていた。

傘を肩に差しかけながらスマートフォンを構えて歩き、知紗は空や雨に濡れた草花の写真を撮る。紫陽花の葉は雨の雫をたたえて瑞々しく、桔梗も花弁の青紫色を濃くしていた。日中の蒸し暑さがほんのわずか解消され、小雨がポツポツと水たまりに波紋を広げているのも目に楽しい。

そうするうち、気がつけば彩樂寺の門の前まで来ていて、ふいに「おい」と声をかけられた知紗は驚いて顔を上げる。

「あ、明慶さん」

「何やってるんだ」

思いがけず久原に会えたことにうれしくなりながら、知紗は笑顔で答えた。

「空の色がすごくきれいだったので、写真を撮ろうと思って散歩していたんです。明慶さんは?」

「俺は勤行のために本堂に行こうとしてたんだ。そうしたら門のところから、お前の姿がチラッと見えて」

　彼が「それより」と言って言葉を続けた。

「昨日は昼飯をご馳走さん。どれも美味かったけど、知紗が作った料理はすぐにわかった。ちょっとジャンクで、でも妙に美味くて」

「お祖母ちゃんのちらし寿司や煮物、わたしには出せない味なんですよね。ああいうのを作れるようになりたいんですけど」

　地元から遠く離れた中ノ町で、こんなふうに彼と言葉を交わしている状況は、つくづく不思議だ。

　会社の上司と部下という繋がりしかなかった頃は、久原と雑談をすることはなかった。だが思いがけず彼の家業を知り、この地で顔を合わせるたびに少しずつ距離が近くなっていって、今は恋人になっている。

　久原がふと笑って言った。

「しかし昨日の清美さんの押しは、強烈だったな。俺とお前が同じ会社に勤めてること、柏原さんは彼女に話してなかったのか？」

「清美伯母さんはあのとおりかなりお喋りな人なので、お祖母ちゃんは余計なことは話さないでおこうって思ったみたいです。そうしたら、いきなりあんな話を始めてしまって」

「どういう返事をするべきか迷ったんだけどな。いっそ『もうつきあってます』って答えるべきだったか？」

それはそれで面倒なことになるので、あれで正解だったかもしれない――という知紗の言葉に、彼は楽しそうに言った。

「そっか」

そのとき風が吹き抜け、足元の水たまりの表面にさざなみが起きる。

透き通った水色とピンク、オレンジが入り混じる複雑な空の色が水に反射し、それを見た知紗は持っていた傘を急いで久原に押しつけると、早口で言った。

「ちょっと持っててください」

しゃがみ込んでスマートフォンを構え、何枚か写真を撮る。

カメラ機能が充実している機種なだけあって、接写でとても印象的な写真が撮れた。隣にしゃがんだ彼がディスプレイを覗(のぞ)き込み、感心したように言う。

「いい写真だな」

「上手く撮れました。そのうち何かのデザインで使えたらいいなって思うんですけど」

知紗は「他にもあるんですよ」と言い、カメラロールの中にある写真を次々に久原に見せる。

どこでどんなシチュエーションで撮ったのかを説明するうち、ふいに久原がじっとこちらを見つめているのに気づいた。不思議に思った知紗が問いかけようとした瞬間、彼が顔を寄せて口づけてくる。

「……っ」

触れた唇の柔らかさにじわりと顔を赤らめた知紗は、驚いて久原に抗議した。

「明慶さん、外でこんなことするなんて……っ」

「誰も歩いてないいし、見えないように傘で隠した。だから大丈夫だ」

「そ、そんな」

なおも抗議しようとする唇を再び塞がれ、くぐもった声を漏らす。

すぐに離れた彼は悪戯っぽい顔をしていて、知紗はムッとして頬を膨らませた。

「もう……っ」

「ははっ」

珍しく声を上げて笑う久原を見た知紗は、悔しさとときめきで胸がいっぱいになる。

気がつけば雨は上がっていて、空がすっきりと晴れ上がっていた。オレンジ色の夕日が辺りを照らし、雨の雫をキラキラと輝かせている。吹き抜ける風がほんのわずか涼を運び、立ち上がって集落を囲む山の稜線(りょうせん)を見渡しながら、知紗はつぶやいた。

「わたし、中ノ町が好きです。派手さはないけどすごく長閑で、人も優しくて。明慶さんは、こんな素敵なところで育ったんですね」

「俺は早くこの町を出たかったよ。あんまりいい思い出はないから」

「そうなんですか？」

「うん」

その横顔からは彼が何を考えているかは読み取れず、知紗は戸惑って口をつぐむ。

すると久原が小さく息をついて言った。

「さて、俺はこれから勤行だ。お前は晩飯か？」

「はい。わたしが片づけをしてるあいだ、お祖母ちゃんがフキの油炒め（いた）とか夏野菜の揚びたしとか、いろいろ作ってくれていたので。切ったトマトの上にマヨネーズが掛けられてるのを見たら、『お祖母ちゃんらしいな』ってうれしくなります」

「ああ、田舎あるあるだよな」

彼はいつもどおりの顔をしていて、知紗はホッとする。閉じた傘を手にし、笑って言った。

「じゃあ、わたしはこれで」

「ああ。またな」

彩樂寺の門の前で別れ、知紗は祖母の家に向かって歩き出す。そして明日以降の断捨離について考えた。

（明日外の物置を整理したら、片づけはひと段落かな。あとで不用品回収業者や粗大ゴミの処分方法について調べておこう）

あちこちの家から漂ってくる夕餉（ゆうげ）の匂いに、幸せな気持ちになる。

「この匂いはカレーかな」と考えつつ、知紗は水たまりの残る道を歩き、祖母の家に戻った。

＊＊＊

寺の境内には松や銀杏、ハルニレなどたくさんの樹々が植えられており、雨が降ったあとで幹の色を濃くしている。

知紗と別れ、夕日が辺りを照らす中を本堂に向かって歩きながら、久原は微笑んだ。

（まさか門の外に、知紗がいるとは思わなかった。……近所って便利だな）

思いがけず知紗の姿を見かけて話をすることができたが、ほんのわずかな時間でも彼女の無邪気さに触れると心が温かくなる。

その一方で、彼女の前で、自分は普通の顔をできていただろうかと考えた。

（元々感情が表に出にくいし、大丈夫かな。……あいつと知紗がニアミスしなくてよかった）

久原を悩ませているのは、つい先ほどまでここにいた人物だ。

約二週間前に中ノ町に来た際、この寺に一人の女性が訪ねてきた。父が応対しており、てっきり客だと思った久原は一言挨拶をしようと考えて玄関に向かったが、そこにいたのは意外な人物だった。

「久しぶりね、――明くん」

二十代半ばから後半に見える彼女は、白いフレンチスリーブのトップスに黒いフレアスカートを合わせており、ほっそりとして優雅だった。

背の中ほどまでの長さの髪は緩く波打っていて、華奢な体型を引き立てている。清楚な顔立ちの中で口元のほくろが色っぽく、男なら思わずドキリとしてしまう蠱惑的な雰囲気の持ち主だ。

だが久原にとっては、この町で一番会いたくない人物だった。思わず「……どうして」とつぶやくと、彼女――芹澤真帆がニッコリ笑って言った。

「実は実家に戻ってきたの。そのご挨拶にと思って、お邪魔したのよ」

彼女は高校卒業後、短大に通うためにこの中ノ町を出て都会に行った。そのまま現地で就職したと聞き、ホッと胸を撫で下ろしていたが、それを辞めて戻ってきたということだろうか。

疑問が胸に渦巻いたものの、問い質すよりも関わりたくない気持ちのほうが強い。久原が立ち去ろうとした瞬間、事務所で電話が鳴る音がして、父が言った。

「おっと、電話か。私が出よう」

父が事務所に行ってしまい、久原は仕事を理由に「じゃあ、これで」と切り上げようとしたものの、真帆が微笑んで言った。

「せっかくだから、外で少し話さない？」

「いや、俺は……」

「お願い。すぐに済むから」

「ね？」と可愛らしく首を傾げながら言われ、久原は渋々外に出た。そして境内のハルニレの木の下で、彼女に向かって問いかけた。

「……話って何だ」

「約十年ぶりに会ったのに、そんなに冷たい言い方をしなくてもいいじゃない。私は明くんに会いたかったのに」

真帆は「ふふっ」と笑い、久原をしげしげと眺めてつぶやいた。

「明くん、法衣がすごくよく似合ってる。得度したてのときは剃髪（ていはつ）していたけど、有髪でそういう恰好をするのも素敵ね」

久原は京都の仏教系の大学に進学し、その後本山で修行して得度した際、父への報告と近所への挨拶回りをするために一度ここに戻ってきた。

だがそれから東京のデザイン会社で働き始め、こちらには必要最低限しか帰っていない。

真帆と顔を合わせたのは、約十年ぶりだった。

（……俺は会いたくなかったけどな）

そんなことを考えていると、彼女が穏やかに言葉を続けた。

「明くん、今はS市で働いていて、週末だけこっちに手伝いで戻ってきてるんですって？　英俊（ひでとし）くんが事故に遭ったせいだって聞いたわ。猫を避けようとしたのが事故の原因だっていうのが、優しい彼らしいわよね」

兄を戒名ではなく〝英俊（ひでとし）〟という本名で呼ぶ真帆は、いわゆる幼馴染（おさななじみ）だ。

近所にある芹澤家は中ノ町で一番の旧家で、彼女は両親と兄から溺愛されて育った。幼少期の真帆は年齢が近い久原の後を追いかけ、何かとくっついてくるのが常で、〝明くん〟という呼び方も当時のまま変わっていない。

　彼女はこちらを見つめ、苦笑して言った。

「そんな迷惑そうな顔をされると、ちょっと傷つくわ。私、S市ではハウスメーカーで働いていたんだけど、いろいろあってね。心も身体も弱ってしまって、会社を辞めてこっちに戻ってきたの」

「………」

「隣町のメンタルクリニックに通う予定で、来週予約をしてるわ。でも日によって気分に浮き沈みがあって、すごくポジティブになれることもあれば、気持ちが沈んで何も手につかない日もあったり、まちまちなのよ」

　真帆は久原を見上げ、潤んだ眼差しで言った。

「こっちに戻ってきたとき、明くんが週末だけ彩樂寺を手伝ってるって聞いて、驚いた。それと同時に、『会いたい』って強く思ったの。だって私、明くんのことが昔から好きだったから」

　それを聞いた久原の眉間に、皺が寄っていく。こちらの剣呑な表情にまるで頓着せず、彼女は言葉を続けた。

「だから明くんに、私を支えてほしいと思って。こうして会って話しているうちに、気持ちが明るく前向きになれそうな気がするのよ。ね、いいでしょう?」

「――断る。そんな暇はまったくないし、そもそも俺には他につきあってる相手がいるから」

　すると真帆はかすかに目を瞠り、すぐにニッコリして言った。

「明くん、彼女がいるの？　そうよね、こんなに恰好いいんだもの、それくらい当たり前よね」

　彼女は手を伸ばし、久原が首から掛けた金襴緞子の折五条に触れると、思わせぶりにその表面をなぞる。そしてひそめた声でささやいた。

「――でもそんなことは関係ないし、あなたは私の頼みを断れないはずよ。かつて自分が何をしたか、忘れたの？　私は今も足を引きずらないと歩けないのに」

「……っ」

　ここぞとばかりに弱味を突かれて、久原はぐっと返答に詰まった。

　真帆に会いたくなかったのは、折に触れてこの件を口に出されるのがわかっているからだ。久原が言い返せないネタをひけらかし、彼女はいつも強引に自分の言うことを聞かせようとする。

　そんな久原を眺めた真帆が、ふっと表情を緩めて言った。

「なんてね。私はただ、話し相手になってほしいだけ。それ以上のことは何も望んでないわ。明くんはここに来たときに、ちょっとだけ私と話をしてくれればいいの。ね、何も難しいことはないでしょう？」

押し黙る久原に構わずに勝手に話をまとめた彼女は、日傘を手ににこやかに踵を返した。

「じゃあ、また来るわ。――お邪魔しました」

その日はあっさり去っていった真帆だが、それから久原が寺の仕事の手伝いで戻るたびに彩樂寺を訪ねてくるようになった。

久原が忙しさを理由に構わなくても、彼女は傍にくっついて一方的に話をしている。はっきり言って仕事の邪魔で、馴れ合う気もない久原にとって、真帆の存在は大きなストレスになっていた。

いっそ住職代行の父からはっきり言ってもらいたいが、そうできない深い事情がある。原因となったでき事を思い出し、久原は苦々しい気持ちを噛みしめた。

(あの件については、俺にはまったく身に覚えがない。真帆自身それがわかってるはずなのに、あいつは――)

彼女はただ久原を意のままにしたいがために、ずっと嘘をつき続けている。

発端は、二十二年前だ。久原が十歳の頃、三つ年下の真帆は七歳で、生まれたときから知っている間柄だった。当時の久原は同じクラスの男子たちと遊ぶのが面白く、年下の彼女の面倒を見る気は毛頭なかったが、我儘で同年代の友人がいなかった真帆は久原にしつこく付き纏っていた。

久原にとっての彼女は、幼馴染ではあるもののかなり鬱陶しい存在だった。甘やかされて育った真帆は気まぐれで自己主張が強く、自分の意見を曲げずに人を意のままにしようとする傾向がある。

当時中学生になったばかりの英俊ではなく、久原にばかり付き纏っていたのは、他の者たちと違って真帆を甘やかさなかったからかもしれない。いつも自分に素っ気なくする久原を、どうにかして振り向かせたい――そんな意地のようなものがあったのではないかと、今は思う。

二人の関係が変わるきっかけとなった事件は、夏休みの最中に起きた。小さな公園で数人の友人と遊んでいた久原は、例によって真帆に付き纏われていた。

『明くん、ここは暑いし、真帆のおうちで一緒に塗り絵してよ』

『しねーよ。帰って一人でやれ』

あまりにもしつこい彼女に辟易し、久原はジャングルジムの一番上まで登って距離を置こうとした。

小学二年生の真帆には上がってこられない高さだと考えてのことだったが、その日の彼女はやたらとむきになり、危なっかしい手つきで上まで登ってきた。

『おい、無理すんな。落ちるぞ』

『大丈夫』

隣に来られてしまった久原はうんざりし、真帆を残してジャングルジムから降りようとした。

しかしその瞬間、隣から「あっ」という声が聞こえ、視線を向けると彼女がバランスを崩すところだった。

『危な……っ』

咄嗟に手を伸ばしたが間に合わず、真帆は約二メートルの高さから転落して地面に叩きつけられた。

大声で泣き出した彼女は近くの家の大人によって病院に運ばれ、右脚を骨折していることが判明した。想定外だったのは、真帆が転落した原因を久原のせいだと言ったことだ。

「明くんに、ジャングルジムの天辺から突き落とされた」という彼女の言葉を聞いた芹澤家の面々は、激怒して両親に抗議した。久原自身はまったく身に覚えがなく、「自分は何もしていない」と訴えたものの、決定的な場面を誰も目撃しておらず身の潔白を証明できなかった。

両親は息子の言葉をそのまま芹澤家に伝えたが、それは火に油を注ぐ結果にしかならず、「今後の彩樂寺とのおつきあいを考えさせていただく」と言われた父は、苦渋の決断で彼らに頭を下げた。

その日の夜、父は久原を呼んで言った。

『明慶、私たちはお前が真帆ちゃんに何もしていないという言葉を信じている。だが目撃者が誰もいない以上、明慶が責任逃れをするために嘘をついていると考える者は、必ず出てきてしまうんだ。ならば事実は違っていても、〝年長者が傍にいながら、注意を怠った〟という意味で頭を下げるのが賢明だ。どうか堪えてくれないか』

身に覚えのない罪で糾弾され、〝やったこと〟にされた久原は、理不尽な仕打ちに対する怒りでいっぱいだった。

しかし真帆に後遺症が残り、彼女が足をわずかに引きずって歩くようになるのを見ると、何も言えなくなってしまった。それをいいことに、真帆は事あるごとに久原に対して我儘を言うようになった。

学校に行くときに重い教材を持たせたり、体育の授業があった日の帰りに「足が痛いから、手を繋いで歩いて」と要求してきたり、他の友達と遊ぶのを週の半分ほど邪魔したりということが続いたものの、久原が中学校に入ると生活リズムがずれ、少し距離を置くことができた。

だが久原が高校生、彼女が中学生になった途端、「明くん、私の彼氏になって」と迫ってくるようになった。その頃には真帆に嫌悪しか感じなくなっていた久原は、「無理だ」と言って断固として拒否し、誤解されるような行動を徹底して取らないように努めた。

何とか三年間逃げきり、大学に行くために中ノ町を出たときは、心からホッとした。あれから数えるほどしか実家には戻らず、真帆とは顔を合わせずに済んでいたが、ここにきて距離を詰められてじわじわと苛立ちをおぼえる。

(あいつの執念深さは、異常だ。俺がどれだけ素っ気ない態度を取っても、昔からまったく頓着していない)

彼女の両親が「真帆が望むなら」と付き纏いを容認しているのも、性質が悪い。

一週間前に芹澤夫人と話す機会があったが、どうやら彼女は二十九歳という年齢で実家に戻ってきた娘を、久原と結婚させたいと考えているらしい。だからこそ、聞きかじったこちら側の事情を真帆にすべて話し、その行動を後押ししているに違いない。

（冗談じゃない。またあいつにこっちの生活を引っ掻き回されてたまるか）

本当は大っぴらに拒絶したいところだが、対外的には久原は彼女を怪我させた加害者ということになっている。

強い態度を取れないのは父も同じようで、寺まで来られると応対せざるを得ないのが現状だった。しかし幸いなことに、兄の英俊があと十日ほどで退院する予定でいる。しばらくリハビリが必要らしいが、少しずつ仕事を再開すると言っていたため、久原の負担は軽減されるはずだ。

（来週はまた中ノ町に来なきゃならないが、それ以降は訪問頻度を落とせる。そのあいだ、どうにか真帆をあしらえばいい）

あと少しで、週末ごとに地元に通う生活が終わろうとしている。

それにホッとする反面、この地での知紗との交流は楽しく、久原はふと頰を緩めた。

（一台の車で移動するのは旅行みたいな気分になれたし、柏原さん家で飯をご馳走になるのも楽しかった。でも今後は、もっと恋人らしい過ごし方ができたらいいな）

気がつけばこんなにも彼女のことが大切になっている自分に、感慨深い気持ちになる。

恋愛でポジティブな気持ちになれる事実に驚きをおぼえつつ、本堂に入った久原は気を引き締めた。

（よし、やるか）

祭壇に燈明を灯し、線香を焚く。

朝晩の勤行に唱えるのは理趣経で、かかる時間は約三十分ほどだ。本尊の前に座した久原は、居住まいを正す。そして雑念を振り払い、読経に専念した。

第八章

連休最終日である日曜は、朝からよく晴れて厳しい暑さになった。

予想最高気温は三十一度となっており、山から蝉がうるさく鳴く声が響いている。田舎ならではの冷たい水道水で顔を洗い、朝食を済ませた知紗は、早速断捨離の続きを開始した。

祖母の家に通い始めて五週目、居間と仏間を除いて九つある部屋と台所はほぼ片づいて、残るは外の物置だけになっている。

「お祖母ちゃん、今日は暑いんだし、無理しないで掃き出し窓に座っててていいからね。いるものといらないものは、わたしがその都度聞くから」

「そうかい」

そうして開けた物置は、とにかくガラクタの坩堝だった。

祖父が生きていた頃に使っていた大型ハシゴや錆だらけの古い農機具、ペンキ塗りのための道具、大きな金盥など、次から次に出てくる。

「お祖母ちゃん、この青い網は何？」

「それは一夜干しを作るときの干し網だよ。こんなところにあったんだねえ」

「このホースが付いたやつは？」

「それは庭木に薬剤を撒く噴霧器。お祖父ちゃんが『これがあったら、一気に薬を撒ける』って言って、奮発して買ったの」

シズは買ったときに高価だったものは大抵捨てるのを渋るが、これまで断捨離を進めてきた知紗は慣れたものだ。「ホームに入るときは、持っていけないでしょ」と説得し、どんどん捨てるものに分類していく。

午前十時を過ぎると気温がぐんと上がり、作業をする知紗は額にじっとりと汗をかいていた。雲ひとつない空は真っ青に晴れ渡っていて、降り注ぐ強い日差しが辺りのものを色鮮やかに浮かび上がらせている。

（はあ、暑い。でも午後にはもう帰らなきゃいけないから、頑張らないと）

この四連休はずっと中ノ町にいて、ちょっとしたバカンス気分だった。

田舎ならではの長閑な空気の中、折に触れて緑豊かな里山を眺めるのは、とてもリラックスできた。ときどき久原にも会え、一緒にご飯を食べたのもいい思い出になっている。

（何だか帰るのが寂しいな。断捨離は大変だったし、毎週休みなしで身体は疲れたけど、こっちで過ごすのがすごく楽しかったから）

祖母はいずれこの家を処分し、ホームに入所する。

先祖代々の墓が残っているため、まったく来ないということはないだろうが、中ノ町を訪れる機会は少なくなるに違いない。そう思うと寂しさが胸を満たして、知紗はぐっと唇を引き結んだ。

（ああもう、やめやめ。こんな湿っぽいこと考えてないで、片づけに集中しよう）

冷たいお茶を一杯飲み、作業を再開する。そうするうちに、シズが家の中から声をかけてきた。

「山田さんから電話が来て、親戚からメロンが届いたから取りにおいでって。ちょっと行ってくるよ」

「いってらっしゃい」

彼女が徒歩数分のところにある友人の家に出掛けていき、知紗はふうと息をつく。

首に掛けたタオルで首筋の汗を拭っていると、ふいに「こんにちは」という澄んだ声が響いた。

「はい？」

生垣の外から声をかけてきたのは、日傘を差したワンピース姿の女性だった。

強い日差しの中、彼女はとても涼やかで優雅な雰囲気を醸し出している。ほっそりした体型にミントグリーンのワンピースがよく似合い、華奢な二の腕に緩やかに波打つ髪が掛かっていた。

顔立ちは清楚に整い、口元のほくろが色っぽい。そのとき知紗は、女性の顔に見覚えがあることに気づいた。

(そうだ。何日か前に、彩樂寺の境内ですれ違った人だ)

あのときもきれいな人だなと思い、片方の足をわずかに引きずって歩いていたのが印象に残っていた。

彼女が知紗を見つめ、微笑んで言う。

「柏原さんの、お孫さん?」

「あっ、はい」

「お若い方なのね。お片づけ、大変そう」

たくさんのガラクタに囲まれ、首に掛けたタオルで汗を拭っていた知紗は、女性の優雅さを前に自分の身なりが恥ずかしくなる。

「すみません。祖母の断捨離を手伝っていて」

「古いおうちだと、物がたくさんあるものね。柏原さんはホームに入るつもりだと聞いたけれど、それで?」

「はい」

彼女の口調はおっとりとして優しげで、物腰も上品だ。

服装は田舎町にはそぐわない洗練されたデザインに見え、日傘も相まってお嬢さま然とした雰囲気を醸し出している。女性がにこやかに言葉を続けた。

「私、この先にある芹澤という家の娘で、真帆というの。彩樂寺さんの斜め向かいの」

「あ、あの塀に囲まれたお屋敷ですか?」

思い浮かべたのは、この近隣で一番立派な屋敷だ。

広大な土地を瓦屋根がついた塀がグルリと取り囲み、その中に鬱蒼とした木々と大きな邸宅が見える。すごいお屋敷があるなと思い、いつも感心して眺めていた建物だ。

「うちもとても古い建物だし、無駄に広さがあるから、きっと物が多いと思うわ。両親に断捨離を提案してみようかしら」

それからしばらく他愛のない世間話が続いたが、知紗は次第にこの人は一体何のために自分に話しかけてきたのだろうと考える。

（たまたまここを通りかかっただけ？　わたしも暇じゃないんだけど……）

知紗は話を切り上げるため、「あの」と口を開きかける。

そのとき彼女――真帆が、クスリと笑って言った。

「どうして私が話しかけてきたんだろうって、不思議に思ってるのよね？　私、あなたに興味があってわざわざ会いに来たの。だって明慶さんと一緒にいるのを見たから」

突然久原の名前を出され、知紗はドキリとする。

しかも彼女は、僧侶としての名前である〝明慶〟ではなく、本名のほうで呼んでいた。

戸惑って視線を向ける知紗に対し、真帆が言葉を続ける。

「明慶さんと私は、幼馴染なの。生まれたときからご近所で、気心が知れた仲なのよ。あなたに声をかけたのはね、お知らせしておきたいことがあったから」

「お知らせって……」

彼女はニコニコ笑い、すぐには話さない。

知紗が困惑を深めたところで、思わせぶりに沈黙していた真帆がようやく口を開いた。

「あの人、不愛想に見えて本当は優しくて、頼られると突き放せない部分があるの。黙っていると怖そうに見えるのに、実際は細かいところに気がつくし、さらっとフォローしてくれるしで、学生時代もすごくもててたわ」

それは何となく、わかる気がする。

知紗が久原を〝鬼上司〟だと思っていたときも、駄目出ししながらも修正するべきところをきちんと指摘したり、感情で怒ったりはしなかった。

そして素の彼は、とても愛情深い人だ。クールな顔に反してスキンシップを惜しまず、そんな久原に知紗はどんどん惹（ひ）かれている。

（この人は、幼馴染の立場から助言してくれようとしてるの？　だったらすごくいい人だけど）

知紗がそんなことを考えていると、真帆が笑みを浮かべたまま言葉を続けた。

「だから昔から、勘違いしてのぼせ上がる子が多くって。もし知紗さんもそうなら、ちゃんと説明してあげなくちゃと思って声をかけたのよ」

「勘違い？」

彼女が頷（うなず）き、笑顔を崩さないまま言った。

「明慶さんと私、結婚の約束をしているの。幼い頃から決まってる、許嫁（いいなずけ）みたいなものね。

私の両親は諸手を挙げて賛成しているし、彼のお父さまもそう。十二年前に亡くなった明慶さんのお母さまにも、私は娘同然に可愛がられてたわ。だからもしあなたが明慶さんに何か夢を抱いてるなら、ちゃんと忠告しておかなきゃと思って」

あまりにも予想外のことを言われ、知紗はポカンとしてしまった。

（この人が、明慶さんの婚約者？　幼い頃から決まってるって……えっ？）

久原からは、何も聞いていない。つきあい始めてまだ十日くらいしか経っていないが、そういう相手が他にいる片鱗(へんりん)は欠片もなかった。

突然現れた〝婚約者〟にどんな顔をしていいかわからずにいる知紗をよそに、真帆が「それに」と言葉を続けた。

「あの人には、私を見捨てられない理由があるの。過去の自分が仕出かしたことへの責任というか、償いみたいなものね。つきあいが長い分、ときによそ見をすることがあっても、結局は私のところに戻らざるを得ない。だからうるさいことを言うつもりはないわ。男として多少は羽を伸ばしたい気持ちも、わからなくはないから」

そこで彼女は知紗に身を寄せ、まるで内緒話をするかのように声をひそめてささやいた。

「――あの人の声、すごくいいでしょう？　耳元で『好きだ』って言われると、ドキッとするわよね。それに臍(へそ)の横にあるほくろも色っぽい」

「……っ」

久原との情事を連想する言葉を聞かされ、知紗の頬にかあっと朱が差す。

熱を孕んださささやきや、臍の横にあるほくろは、彼と抱き合ったことがある人間でなければわからないことだ。真帆はわざとそれを口にすることで、久原との特別な関係をアピールしている。

彼女が身体を離し、哀れむように知紗を見つめた。そして優しげな微笑みを浮かべて言う。

「だからこれは、あなたへの忠告。だって先がないのに本気になったりしたら、傷つくでしょう。嘘だと思うなら、明慶さんに直接聞いてみたらいいわ。『真帆への責任って何だ』って。もしかしたらあの人は言い訳するかもしれないけど、私があのお寺に足しげく出入りしている状況を見れば、どっちが正しいかわかるはずよ。だってもし拒まれてたら、そんなことできるはずがないもの」

知紗はひどく動揺した。

真帆の言っていることは、筋が通っているように聞こえる。幼馴染という関係から親同士公認の婚約にまで発展したというのは、田舎ならありそうな話だ。都会に行っているあいだの久原の行動には目を瞑るつもりでいたものの、自分のテリトリーに踏み込んできた女は牽制したい——そんな彼女の気持ちも、理解できなくはない。

(明慶さんの中で、わたしのことは遊びの関係だった？　いずれこの人と結婚するつもりで、それまでの繋ぎ……？)

信じたくない気持ちでいっぱいだが、それを明確に否定するだけの根拠が知紗の中にはない。

何しろつきあい始めてまだ十日ほどしか経っておらず、彼を完全に理解しているとは言い難いからだ。そんな知紗を余裕たっぷりに眺めた真帆が、微笑んで言う。

「じゃあ、私はこれで。お片づけ、頑張ってね」

日傘を差しながら去っていく彼女の後ろ姿を見つめ、知紗は何ともいえない気持ちを押し殺す。

蝉の声がうるさく響く中、ギラギラとした日差しが降り注ぐ辺りはムッとした熱気に包まれていた。遮るもののない炎天下で、額と首筋にじっとりと汗がにじんでいるのがひどく不快だ。

たった今聞かされた話を、自分の中でどう処理していいかわからない。「嘘だと思うなら、明慶さんに直接聞いてみたらいい」という発言が、耳にこびりついて離れずにいる。

あんなにも自信たっぷりに話していたのだから、真帆の発言が正しいのだろうか。だとすれば知紗は久原から、〝その場しのぎの遊び相手〟にされたことになる。

（……わからない。わたしの目から見た明慶さんは、そういうタイプに見えなかったけど）

臍の横にあるほくろの存在を知っていたということは、彼女の言葉はすべて真実なのではないか。

悶々（もんもん）としながら、知紗は物置の片づけを再開する。どうにか昼までにガラクタの分別を終え、シズが用意してくれた冷や麦を食べているときも、知紗はどこか上の空だった。やがてたくさんのおかずやお裾分けのメロンを持たされ、大荷物を持った知紗は彩樂寺に向かう。

するとと法衣を脱いで平服に着替えた久原が、荷物を受け取って車に積み込んでくれた。そして知紗の顔を見て、ふと気づいたように言う。

「――どうかしたか？」

「えっ？」

「何だか暗い顔をしてる。普段はニコニコしてて能天気な雰囲気なのに」

手を伸ばした彼に頬に触れられそうになり、知紗は思わずビクッとしてそれをよけてしまう。

久原が驚いたように目を瞠るのを見た知紗は、急いで表情を取り繕って答えた。

「あ……すみません、ちょっと疲れてるのかもしれないです。今日は午前中に外の物置で、ずっと作業してたので」

「そうか」

良信が見送りに出てきたため、知紗は彼に挨拶をして久原の車に乗り込んだ。

走り出した車内で、午前中のでき事が頭の中をグルグルと駆け巡る。芹澤真帆に会ったこと、彼女から告げられた内容を、久原に話したい。

だがいざ話題に出そうとすると躊躇いがこみ上げ、口を開くことができなかった。知紗の中には彼が〝上司〟だという感覚が強く染みついていて、そんな相手を問い質すのは気が引ける。そもそも自分は久原の不誠実さを責める資格のある人間なのかどうか、立ち位置自体がわからなくなっていた。

（わたし……）

前回中ノ町を訪れた土曜日に初めて彼に抱かれたが、そのとき久原は「俺はお前を落としたい」と発言していた。

そういう心境に至った理由も説明してくれたものの、今はその〝落としたい〟という言い方が気になって仕方がない。もしかすると彼はゲーム感覚でこちらに手を出し、まんまと落ちたのをいいことに、リップサービスで甘い言葉をささやいたのではないか。

（こんな卑屈なこと、考えたくない。……でも）

品よく美しかった真帆の顔、そして彼女が語った内容が、頭から離れない。

自分が真帆に勝っている要素がまったく見当たらないため、余計にそう考えてしまうのかもしれなかった。

結局知紗は身体を助手席の窓のほうに傾け、久原の顔を見ないようにしながら告げた。

「あの、運転していただいてるのに申し訳ないんですけど、少し寝てもいいですか？ちょっと疲れが溜まってるみたいで」

すると彼が左腕を伸ばし、知紗の頭を撫でて答える。

「遠慮せずに寝ろよ。もうひと月以上も、週末にこっちに通ってるんだもんな。疲れてて当たり前だ」

その声音にはこちらへの気遣いがにじんでいて、知紗の胸がぎゅっと強く締めつけられる。

久原を信じたい思いと、「裏切られた」という悲しみが入り混じり、自分でもどうしたらいいかわからなかった。彼と会話をしないために目を閉じて寝たふりをした知紗は、気づけば本当に眠り込んでいたらしい。

目が覚めたときにはだいぶ時間が経過しており、車は自宅アパートの近くまで来ていた。慌てて身体を起こした知紗は、久原に謝った。

「すみません、わたし、本気で眠り込んでしまって。すぐに起きるつもりだったのに」

「いいよ。ぐっすり寝てたから、わざと起こさなかったんだ」

正確に言えば〝久原と話さないため、あえて寝たふりをするつもりでいた〟のだが、本当に寝落ちしてしまい、ばつの悪い気持ちになる。

（どうしよう、……言わなきゃ）

いつもならこのあと一緒に夕食を食べて抱き合う流れだが、そんな気持ちにはなれない。断るには理由が必要で、いつか話をしなければならないなら今するべきだと考えた。隣でハンドルを握る彼の横顔を見つめ、知紗は意を決して口を開いた。

「明慶さん。――わたし、明慶さんに聞きたいことがあります」

「ん？」

「今日、芹澤さんという女性に声をかけられて話をしました。それで彼女に言われたんです。明慶さんとその人が結婚の約束をしてて、わたしとの関係は遊びなんだって」

「……っ」

久原が驚いたように息をのみ、急いで車を減速させて路肩に寄せる。

ハザードランプを点灯させた彼は、こちらを見て問いかけてきた。

「真帆に会ったたって？」

「はい。会ったというか、今日の昼間に物置で片づけをしていたら、生垣の向こうから声をかけられたんです。それで話をしました」

久原が自然に〝真帆〟と呼び捨てにするのを聞き、知紗の胸がシクリと疼く。彼が眉間に皺を寄せて言った。

「それであいつは、何て？」

「明慶さんと自分は幼馴染だとか、幼い頃から決まってる許嫁のような関係だとか、自分の両親が諸手を挙げて結婚に賛成してるって言ってました。明慶さんのお父さまも認めてることだって」

するとと久原が、苛立ちをにじませた顔で答える。

「それはあいつの嘘だ。確かに芹澤夫妻は、娘の意向を汲んで俺との結婚を後押ししようとしてる。このあいだも道で会ったときに世間話を装って、『真帆ももういい歳だから』『明慶さんなら、誰が見てもお似合いだと思う』ってプレッシャーをかけてきたしな。でも、俺にそのつもりはない」

「彩樂寺に足しげく出入りしても咎められないのは、明慶さんやお父さまが自分を婚約者として認めてるからだって言ってました。わたしにわざわざ会いに来たのは、忠告するためだとも」

「忠告？」

真帆の目的は知紗が久原に本気にならないようにこちらに釘を刺しに来たことで、「ときによそ見をすることがあっても、明慶さんは私のところに戻らざるを得ない」と発言していたと語ると、彼は舌打ちをしてつぶやいた。

「性質の悪い嘘をつきやがって。あんな奴の言うことを真に受けるな、あいつは――」

彼女を〝あんな奴〟呼ばわりし、苛立ちのにじんだ口調で全否定する久原を前に、知紗はモヤモヤする。

彼が言い訳をするのは、知紗が伝えた内容が図星だからだろうか。それは真帆が予想していたとおりで、久原がどんな反応をするかを的確に言い当てており、二人が気心の知れた仲だということを如実に表している気がした。

(そうだよ。あの人は、明慶さんの臍の横にあるほくろのことだって知ってるんだから)

つきあいが長い分、知紗よりよほど彼のことを熟知しているのは否定できない。

カチカチというハザードランプの音が響く中、助手席に座る知紗は膝の上の拳をぐっと握りしめる。そして一番の疑問を口にした。

「芹澤さんは、気になることを言ってました。『あの人には、私を見捨てられない理由がある。過去の自分が仕出かしたことへの責任、もしくは償いのようなものだ』って。これって一体どういう意味ですか？」

「……それは」

知紗がそう問いかけた瞬間、久原が目に見えて動揺した。

普段滅多に顔色を変えない彼の珍しい姿に、知紗は戸惑いをおぼえる。久原が視線を泳がせ、やがて自分の中の言葉を選ぶように慎重な口調で言った。

「その件については——複雑な事情がある。迂闊(うかつ)に話すと誤解を招きかねない内容だし、俺の家でも蒸し返すのはタブーのような雰囲気で、ここまできた。でも……」

歯切れの悪い口調で話す彼はいつになく苦りきった表情をしていて、知紗の中で不信感が募る。

〝迂闊に話すと誤解を招きかねない内容〟とは、一体何だろう。ここには知紗と久原しかおらず、それなのにそんな言い方をするのは、自分に不都合な事実を誤魔化そうとしているようにしか見えない。

知紗は顔をこわばらせ、押し殺した声で問いかけた。

「それってつまり、芹澤さんが言っていた内容のとおりだってことですか？　明慶さんは彼女に対して何か負い目があって、突き放すことができないっていう」

「そうともいえるが、事実は違うんだ。俺は——」

彼が一部を認め、知紗はぐっと唇を引き結ぶ。

詳しい事情をなかなか話さず、どうにか言い訳しようとする久原の姿勢が、不誠実に感じた。

（こんなふうに煮えきらない人だとは思わなかった。いつも冷静で有能な、仕事ができる人だと思ってたのに）

知紗は頑なな表情で目を伏せると、押し殺した声で告げた。

「――もういいです」

助手席のドアを開け、車から出る。

外は気温が高く蒸していて、午後のムッとした熱気が全身を包み込んだ。だいぶ傾いてきたオレンジがかった日差しが、辺りを明るく照らしている。

知紗が後部座席のドアを開けて自分の荷物を引っ張り出していると、運転席からこちらに回り込んだ久原が腕をつかんできた。

「おい、俺の話を聞け」

「聞いたって仕方ないじゃないですか。いつまでも煮えきらなくて、核心部分を全然話してくれないんですから。正直幻滅しました」

思いのほか強い口調になってしまったが、知紗は気持ちを抑えることができない。

これまで彼を信頼していたのにそれが裏切られ、とても冷静ではいられなかった。すると彼がムッとし、低い声で言う。

「こっちは丁寧に説明しようとしてるのに、話を聞かないのはお前だろ」

「丁寧っていうより、はぐらかしているようにしか聞こえません。わたしのことが遊びだったなら、はっきりそう言えばいいじゃないですか」

話しているうちに涙がこみ上げ、語尾が震える。それに気づいた久原が目を見開き、すぐに表情を改めて真剣な口調で告げた。

「知紗を遊びの相手だなんて思ってない。お前は一度しか会ってない真帆と俺、どっちを信じるんだ」

「……っ」

わからない。

久原を信じたい気持ちは確かにあるのに、真帆に対する冷淡な口調や煮えきらない態度に引っかかりをおぼえている。彼女に言われた言葉ばかりが頭の中に渦巻き、考えが上手くまとまらなかった。

しばらく沈黙した知紗は足元に視線を落とし、押し殺した声で答える。

「わたし……今は冷静に話ができそうにありません。明慶さんから何を聞いても、全部言い訳に聞こえてしまいます」

「…………」

「だから少し時間をもらってもいいですか？　気持ちが落ち着いてちゃんと話ができるようになったら、わたしのほうから連絡しますから」

彼がじっとこちらを見下ろしている気配がし、息詰まる沈黙が続いた。やがて久原が、小さく息をついて答える。

「わかった。知紗のほうから連絡がくるまで、俺は何もしない」

「…………」

「とりあえずアパートまで送るから、乗ってくれ」

知紗は「歩いて帰る」と言って断ろうとしたものの、彼は断固として聞かない。

仕方なく車に乗り込み、走ること五分、自宅アパートの前までやって来る。後部座席から荷物を下ろすのを手伝ってくれた久原が、知紗を見下ろして言った。

「……じゃあ、またな」

彼が乗り込んだ車が走り去っていくのを、知紗は無言で見送った。

久原とつきあい始め、昨日までは本当に楽しくて幸せだったのに、真帆の出現によってそれはたやすく揺らいでしまっている。その事実に、心がじくじくと痛みを訴えていた。

(自分から拒絶したくせに、明慶さんが帰っていくのを見て寂しくなってるなんて、わたし我儘だな。……あの人はこっちの気持ちを尊重してくれたのに)

キャリーバッグや祖母に持たされた荷物を手に、アパートの外階段を上る。

数日ぶりに帰ってきた自宅は、昼間の暑さのせいでムッとした熱気に満ちていた。あちこちの窓を開け放すとほんのわずかに外気が入ってきて、カーテンを揺らす。

こうして一人で部屋にいると、どんどん気持ちが落ち込んでいくのを感じた。しかし数日留守にした分、やることは山積みだ。洗濯機を回し、部屋を片づけ、明日からの仕事に備えてインプットもしなければならない。

そう思うのになかなか身体が動かず、知紗はかすかに顔を歪めた。

（ちゃんと考えよう。……明慶さんと今後どうするべきなのか）

ネガティブな思いが渦巻く一方、楽しかった記憶も去来し、胸が苦しくなる。

西日が差し込む窓辺に立ち尽くし、知紗はしばらく物思いに沈み続けた。

＊　＊　＊

七月も残りあと数日という水曜日、東京は酷暑といっていい気温で、街頭の温度計は三十五度を示している。

羽田空港からタクシーで約三十分、千代田区にある株式会社initium本社まで来た久原は、湿度を孕んだ熱気に顔をしかめた。

（やっぱり東京の暑さは、北海道とは質が違うな。さっさと建物の中に入らないと熱中症になりそうだ）

こうしてはるばる東京までやって来た理由は、経営会議に参加するためだ。普段はネット経由で打ち合わせをしているものの、月に一度は必ず上京して本社に行くことが、会社ができた当時からの通例となっている。

料金を精算してタクシーを降りた久原は、ビルの入り口に向かって歩き出す。飛行機の中でスイッチが切れるように眠ったはずだが、朝からの頭痛はまったく治まっていなかった。

（飛行機に乗る前に鎮痛剤を飲んだのに、全然効かない。まあ、これだけ疲れてれば当然か）

鬱々とした気持ちの原因は、頭痛だけではない。三日前の日曜日のでき事が、久原の心をひどく重くしていた。

（まさか真帆が、知紗に接触するとは。あいつ、どれだけ俺の邪魔をすれば気が済むんだ）

午後に寺での仕事を切り上げて帰る予定でいたが、約束の時間に現れた知紗は、どこか様子がおかしかった。

あまり冴えない顔色だった彼女は「疲れているから、帰りの車で少し寝てもいいか」と伺いを立ててきて、久原はそれを快く了承した。しかしアパートの近くまでやって来たところで目を覚ました知紗は、意外なことを口にした。

「芹澤真帆という女性に話しかけられ、明慶さんの婚約者だと言われた」と聞いたとき、久原はあまりのことに呆然としてしまった。彼女と会ったのは約十年ぶりで、過去に恋人同士だったことは一度もない。高校時代にかなりしつこく迫られたものの、きっぱり断っている。

それなのにあたかも両家公認の仲であるかのように知紗に話すのは、悪意以外の何物でもなかった。しかも真帆は久原が自分を見捨てられない理由を、思わせぶりに匂わせていたという。

（誤解されないように慎重になるあまり、持って回った言い方をしたのが失敗だった。……知紗があんなふうに怒るなんて）

いつになく歯切れの悪い久原を見た知紗は、それを「真帆が言ったとおり、自分とは遊びの関係だからだ」と解釈したらしい。

彼女はこちらの話にまったく聞く耳を持たず、「気持ちが落ち着いたら連絡するから、少し時間がほしい」と言い、帰ってしまった。

あれから三日が経つが、知紗は会社にいるあいだ決してこちらを見ようとしない。ずっと自分の席でパソコンに向かい合い、仕事に集中している。席が近い加納や持田と話すときは笑顔を見せていたものの、頑ななまでに久原を視界に入れない態度からは、強い拒絶の意思が感じられた。

（どうにかして話がしたいんだけどな。時間がほしいと言われてしまったら、迂闊にメッセージも送れない）

こんな事態を招いた真帆に、ふつふつと怒りがこみ上げる。おそらく彼女は久原と知紗が一緒にいる姿を見かけ、関係に気づいたに違いない。そして二人を別れさせ、自分がその後釜に座るべく画策している。

（冗談じゃない。たとえ他につきあっている相手がいなくても、真帆なんかご免だ）

子どもの頃に身に覚えのない罪を被せられたこと、右足の後遺症を盾に真帆の我儘をある程度許容しなければならない立場に追いやられたことは、久原の人格形成に大きな影響を与えた。

愛想がなく端的な物言いをし、あまり人と馴れ合わなくなった理由は、長年の真帆との関係に辟易（へきえき）したからだ。苛立ちを抑えるために無表情になり、最低限のことしか話さない。仕事の場でもそうだったため、部下たちはきっと自分を扱いづらい人物だと思っていたはずだ。

（でも……）

知紗と個人的に関わるようになり、それが変わった。

彼女から「もっと愛想よくしてください」と言われ、意識して人当たりを柔らかくしてみたところ、目に見えて人間関係が円滑になったのが驚きだった。知紗と一緒にいると、彼女の明るさや素直さに気持ちが和んで優しくなれる。自分でも意外なほどよく笑うようになり、そんな変化は決して嫌ではなかった。

それなのに突然現れた真帆が、自分たちの関係に冷や水を浴びせかけてきた。久原にとっての彼女は、疫病神といっても過言ではない。かつて久原を陥れたときと同じように、今回も悪質な嘘でこちらの人間関係を壊そうとしている。

（……会いたいな）

知紗とつきあい始めてまだ十日余りしか経っていないのに、彼女の存在は久原の中で大きなものとなっている。

本来なら一番楽しい時期であるにもかかわらず、こんなことになってしまったのが、悔しくてたまらない。万が一知紗が自分と別れるという選択をしたらと思うと、じりじりと焦りがこみ上げていた。

（このタイミングで東京出張なんて、いいんだか悪いんだか。明日には地元に戻るけど、また知紗に無視されると思うと、気が滅入る）

こうなってみると、いかに彼女の笑顔が自分の心を和ませていたかがわかる。

裏表がなくいつも明るい雰囲気の知紗が、いつしか久原の癒しになっていた。素直な彼女はよく喋（しゃべ）り、モリモリ食べ、大人っぽさや色気は皆無といっていい。だがこちらを見つめる目にはいつも真っすぐな恋情がにじんでいて、一緒にいられてうれしいという気持ちを如実に表してくれる。

そんな知紗を久原はいとおしく思い、だからこそ素っ気ない態度を取られることがストレスで仕方がなかった。早く話をして誤解を解きたいと思うが、彼女は一体いつ連絡をしてくるのだろう。

（明後日の金曜は、北海道支社内で社内コンペのプレゼンがある。知紗も参加すると言ってたから、まずはそっちに集中するつもりなのかもしれない）

知紗が担当している案件は他にもあるが、納期はそこまでタイトではないはずだ。

もし彼女から連絡がない場合、明後日の夜に自分から話し合いを持ちかけよう――と久原は決意した。知紗と話さなくなってもう三日で、ここまできたらなりふり構っていられない。彼女が大事で失いたくないと思うなら、待つばかりではなく自ら行動を起こすべきだろう。

エレベーターに乗り込んだ久原は十八階で降り、本社へと足を踏み入れる。フロアにいた社員たちに挨拶し、社長である西村と話をしたあと、経営会議に参加した。

夜はかつて担当した大口のクライアントと会食し、翌日は本社の営業社員と共に取引先の挨拶回りをして、夕方の飛行機で地元に戻る。直帰しようか迷った挙げ句に会社に向かうと、午後七時のオフィスにはまだ何人か社員が残っていた。

「支社長、お疲れさまです」

「お疲れ」

「出張から戻った足で会社に来るなんて、大変ですね」

ディレクターと不在のあいだのことをやり取りしながら、久原は自分のデスクでパソコンの電源を入れる。

何気なく視線を巡らせると、知紗は席にいなかった。

（……もう帰ったのか）

終業時間は午後六時のため、社員の半数ほどは既に退勤している。

決済書類とメールのチェックをする前にコーヒーを飲もうと思った久原は、給湯室に向かった。するとちょうどそこから出てきた知紗と鉢合わせする。

「……あ」

「お疲れ」

「お、お疲れさまです」

今日の彼女は、黒いドルマンスリーブのカットソーに白地に細かいドット柄のロングスカートを合わせた、女らしい恰好だ。

緩いまとめ髪と服のネック部分から見えるきれいな鎖骨から仄かな色気が漂い、それを見た久原の中に強烈に触れたい欲求がこみ上げる。

（……くそっ）

だが、駄目だ。ここは会社で、しかも自分たちの関係は今かなり微妙なものになっている。

久原は努めて何気ない顔を作り、口を開いた。

「まだ残ってたんだな」

「R社さんのサイトの、更新作業があって……それで残ってました」

知紗はこちらと目を合わせようとせず、それを見た久原は失望と寂しさが入り混じった何ともいえない気持ちになる。

だがそうした心境は表に出さず、いつもどおりの顔で告げた。

「明日は、社内プレゼンにエントリーしてるんだったか」

「……はい」

「頑張れよ」

そのまま横をすり抜けようとしたところ、彼女がぐっと唇を引き結び、少し躊躇ったあとに「あの！」と何か言いかける。

久原が視線を向けると、知紗は途端に動揺した顔で言った。

「す、すみません。……何でもないです」

「………」

「じゃあ」

彼女が踵を返し、給湯室から立ち去っていく。

話しかけてくれたことに一瞬希望を見出した久原だったが、それは肩透かしに終わってしまった。じわじわと失望が心を満たし、思わず深いため息が漏れる。

（仕方ない、もう少しの我慢だ。明日社内コンペのプレゼンが終わったら、絶対知紗と話をしてやる）

当たり障りのない会話しかできなかったことが、ひどくもどかしい。

目を伏せた久原は、コーヒーマシンにカップをセットする。そして注ぎ口から出てくる黒い液体を見つめ、やりきれない思いをじっと押し殺した。

＊　＊　＊

給湯室から出て足早にフロアに戻ると、オフィス内は人がまばらになっている。

担当する会社のウェブサイトの更新作業のために残業していた知紗は、仕事が一段落したあと、自分が使ったマグカップを洗うべく給湯室に向かった。

しかしカップを洗い終え、水回りをきれいにして出ようとした瞬間、久原と鉢合わせてしまった。彼は昨日と今日の二日間の日程で東京に出張していたため、会社にいるのはまったくの予想外だった。

（支社長がいるなんて、びっくりした。今日は出社せずに直帰するんだとばかり思ってたのに）

久原と言葉を交わしたのは、四日ぶりだ。

日曜日に言い争いをして以来、知紗は会社で久原を極力視界に入れないようにしていた。最初は彼に対しての意地のようなものがあり、〝自分は怒っている〟ということを示すためにあえてつんとして振る舞っていたが、久原はまったく顔色を変えない。

クールで淡々とした表情はいかにも彼らしく、前日のやり取りに動揺している様子は微塵もなかった。それを目の当たりにした知紗は、怒りとも悔しさともつかない感情でひどく悶々とした。

（明慶さんは大人だから、職場ではそういう部分を出さないでいられるのかな。……わたしは全然駄目だ）

仕事に集中しようと思うのに、気がつけば久原の様子を窺っている。

彼がこちらを見てくれるかもしれないという一縷の望みを抱いていたが、まったくそんな気配はない。ここは職場なのだから、プライベートに関わる部分を見せないのは当たり前のことだ。だが久原と目が合わなくなった途端、恋人になる前のような距離を感じて、知紗はすっかり落ち込んでしまった。

(だったらわたしのほうから連絡して、話をする? でもあの表情からすると、明慶さんはわたしに怒ってるのかもしれない)

彼は事情を説明しようとしていたのに、知紗はそれに聞く耳を持たなかった。

それどころか「幻滅した」などと言ってしまい、今思うと久原のプライドを傷つける最低な言い方だったと思う。

(もっと冷静に話をすればよかったのに、頭に血が上って全然そんな余裕がなかった。あの人に弄ばれたのかもしれないと思ったら、裏切られた気持ちが強くて)

あんな対応しかできなかった自分を、彼は子どもっぽいと思ったかもしれない。そう考えるとどんどん後ろ向きな気持ちになって、知紗は久原に連絡するのが怖くなってしまった。

月曜日と火曜日は目も合わせないまま時間が過ぎ、昨日と今日、彼は月に一度の東京出張で終日不在だった。それにホッとしたような、寂しいような思いにかられつつ、知紗は「このままではいけない」と考えた。

(ちゃんと明慶さんと話をしよう。このままフェードアウトなんて、やっぱり嫌だ)

日曜日に言い争ってから四日、考える時間はたっぷりあったが、それでわかったことは

〝やはり自分は、久原が好きだ〟ということだ。

会社で見せる顔とはギャップのあるプライベートを知り、強く心惹かれた。普段は感情を表に出さないのにときどき笑う顔が優しかったり、実は超がつく甘党だったり、スキンシップが好きだったりと、素の彼は知紗にとってとても新鮮だった。

もし真帆の言うことが真実で、二人が両家公認の仲だったとしたら、苦しくてやりきれない。だがそれを判断するのは、久原から直接話を聞いてからでも遅くないはずだ。彼の誠実ではない行動がはっきりした時点で、泣くなり顔面を引っ叩くなりすればいい。

（明慶さんは、明日の金曜日には出社する。昼休みにでも、「夜に話がしたい」ってメッセージを送ろう）

だがその前に、知紗には明日の午後一で社内コンペのプレゼンという大きなイベントが控えている。

他の案件を複数受け持ち、週末は中ノ町に通うというハードな日程の中、自分なりに準備を進めてきたものだ。社内には実力あるクリエイターが多数いるため、コンペを勝ち抜くのは決して容易ではないが、ウェブデザイナーとしての実力を試したいと考えて参加を決めた。

ここ数日は久原との関係に悩んで悶々とする一方、プレゼンの準備に集中し、パワーポイントで発表するための資料を作成していた。自宅で明日に備えた最終チェックをしようと考えていたが、帰る寸前に給湯室で彼と鉢合わせてしまい、心臓が口から出そうなほど驚いた。

どうやら久原は、不在のあいだに溜まった仕事を片づけるために会社に来たらしい。思わぬニアミスに動揺した知紗は、彼の顔を直視することができなかった。だが久原に「明日のプレゼン、頑張れよ」と言われた瞬間、一気に想いが溢れそうになり、顔を歪めた。

(狡い。このタイミングで、どうしてそんな優しい声を出すの)

他の人間が聞けばいつもどおりの淡々とした口調だろうが、曲がりなりにも恋人である知紗には、彼の声のトーンの違いがわかってしまう。

ごくわずかな甘さをにじませた声を聞いた途端、泣きたいほどの衝動がこみ上げて、知紗は思わず「あの!」と口を開きかけた。

しかしここは会社の給湯室で、いつ誰が来てもおかしくない場所だ。そんなところで個人的な話をするわけにはいかず、すぐに「すみません、何でもないです」と言って、逃げるように給湯室を出てきてしまった。

早足で自分の席に戻りながら、知紗はぐっと唇を引き結ぶ。

(今日は会社に来ないと思ってたから、あんな不意打ちみたいなタイミングで会ってまだ胸がドキドキしてる。……わたし、普通の顔ができてたかな)

間近で久原の顔を見て話をした途端、彼への慕わしさが一気にこみ上げてきて、胸が苦しくなった。

動揺のあまりによそよそしい態度になってしまったのを久原がどう思ったか、知紗は気になって仕方がない。だが差し当たって自分が集中しなければならないのは、明日のプレゼンだ。それが終わってからの話し合いに思いを馳せると、胃がぎゅっと縮こまった。

（もしかしたら、明日明慶さんと別れるかもしれない。でも交際を続ける可能性もゼロじゃないし、すごく落ち着かない）

心を乱しながら席に戻ると、持田が隣でまだ作業をしていた。知紗はデスクの下からバッグを引っ張り出しつつ、彼に問いかける。

「持田くん、まだ残るの？」

「うん。煮詰まってたデザインの変更案を思いついたから、急ピッチで直してるとこなんだ」

「そっか」

持田はここ最近、モニターを見ながら浮かない表情をしているときがあり、デザインに行き詰まっているのかと心配になっていた。

だが軽はずみに「調子悪いの？」などと口に出すと、かえって相手を不快にさせてしまうことがあるため、知紗は深く聞いていない。もし彼のほうから話してきたら喜んで相談に乗ろうと考えていたが、この様子だと解決の糸口が見えてきたのだろうか。

知紗にとっての持田は、ライバルというより〝同志〟という感覚が強い人物だった。気さくな彼はいつも明るい話題で和ませてくれ、ネガティブなことはほとんど口にしない。

知紗がオフィス内で流れる噂について相談したときも親身になってくれ、「俺は三嶋さんがそういうことしないって、信じてるよ」と強い口調で言ってくれた。その後は知紗を飲みに誘ったり、こちらを誤解している社員に見せつけるように明るく話しかけたりと、いろいろ気を使ってくれている。

（そういえば持田くん、「いろいろ探りを入れてみたけど、噂の出所がどこかわからなかった」って言ってたな。……一体誰がわたしのことを嫌ってるんだろう）

知紗が〝他人のアイデアを盗んでいる〟という噂が流れていると耳にしてから三週間が経つが、事態はあまり改善していない。

噂を信じて知紗によそよそしい態度を取る人間は一定数おり、それを目の当たりにするたびに少しずつ神経がすり減っていた。だがすべての社員がそういう態度を取るわけではなく、持田や加納のように全面的に味方になってくれる者がいるのが救いだ。

（誰かがわたしを嫌って、根も葉もない噂を振り撒いているのはつらいけど……後ろ暗いことはないんだから、堂々とするべきだよね。仕事に対する姿勢で、噂を払拭していくしかない）

退勤して帰宅した知紗は、深夜までプレゼンで発表する作品のブラッシュアップ作業をする。

翌日出勤したあとは、午前は通常どおりチームミーティングやコーディング作業をこなした。そして昼休み、ランチを終えて歯磨きをしに化粧室に向かった知紗は、スマートフォンを開いて久原にメッセージを送る。

（「今日の夜、仕事が終わったあとに話がしたいので、時間をください」……送信、っと。

プレゼンだけでも大変なのに、夜に明慶さんと話すと思うと、緊張するな）

だが、いつまでも先延ばしにしておくわけにはいかない。これ以上話し合いを引き延ばすことは、精神衛生上よくないと知紗は考えていた。

歯を磨いて化粧室を出た知紗は、ミーティングルームに向かう。コンペはまず支社内でエントリーした者たちによる作品のプレゼンを行い、他の社員たちが評価シートに書き込む。その後、社内の役職者たちと社長による選考を経て、優秀者が発表される流れとなっていた。

打ち合わせなどで出掛けている者以外は全員参加が原則で、ミーティングルームに入ると既に数人いて談笑していた。ノートパソコンを手にした知紗は隅の椅子に座り、緊張を押し殺す。

すると持田が入ってきたのが見え、声をかけた。

「持田くん」

隣に座らないかと思って軽い気持ちで声をかけたが、知紗に気づいた彼はこちらをじっと見つめ、ニコリともせずに視線をそらす。そして離れたところに座ってしまった。

（あれ？　こっちに気づいたのに、どうして……）

いつにない持田の態度に、知紗はひどく戸惑う。

彼からあんな表情で見つめられたことがなく、心臓が嫌な感じに跳ねた。そのとき久原とディレクターの谷川が話しながら入ってきて、前に座る。そして時間になったところで、谷川が立ち上がって言った。

「お疲れさまです。今回の社内コンペですが、六名のエントリーがありました。それぞれテーマを決めて制作したウェブサイトを、パワーポイントを使ってプレゼンしていただきます。皆さんはウェブサーバーにアップロードした作品を実際に各自の端末で見て確かめ、評価シートに書き込んでください。さて、誰からにしてもらおうかな」

知紗はこの中で一番社歴が浅いため、自分は最後にしようと考えていた。すると広瀬という女性社員が、手を挙げて言う。

「じゃあ、私からでいいですか?」

「はい。広瀬さん、どうぞ」

彼女が前に出て、パワーポイントの準備をする。そして慣れた口調で話し始めた。

「私の今回のテーマは〝ロードバイク専門店のウェブサイト〟です。個人的にロードバイクが好きで一台所有しており、かなりお金をかけてカスタマイズしているのですが、〝もし自分がそういうメーカーからウェブサイト制作の依頼を受けたら〟というコンセプトで作りました。まずはこちらをご覧ください」

広瀬が作ったサイトは写真がスタイリッシュで、クールな印象だ。

細かい部分のこだわりなどを彼女が説明したあと、他の者たちは各自の端末で実際にサイトを確認し、デザインや操作性について口々に意見を述べる。

「都会の人間が、余暇でサイクリングを楽しむ雰囲気がよく出てるよね。写真がおしゃれ」

「コンテンツの情報量も充分だし、レスポンシブ対応もそつなくきれいだと思う」

谷川が久原を見やり、「支社長はどう思われますか」と問いかけると、久原が口を開いた。

「ターゲットが明確で、カラーやフォントがよく考えられていると思う。ページ構成の実用性が高いし、デザインも昨今のトレンドや必要な要素をよく理解してる。このまま表に出しても遜色ないクオリティだ」

それを聞いた広瀬が、うれしそうに「ありがとうございます」と答える。久原が自分のパソコンのモニターを見ながら言葉を続けた。

「ただ、サイト内で使われてる欧文フォントを下層ページでも使用すると、より統一感が出たんじゃないかな。企画としてもう一段階レベルアップするなら、ユーザーが求めている情報は何か、アクションを誘導するためにはどうしたらいいかという掘り下げが必要だ」

「はい」

いつもながら彼の指摘は的確で、知紗はその言葉を必死にメモする。

その後、結婚式場と時計専門店をコンセプトにしたウェブサイトのプレゼンが続き、忌憚のない意見が飛び交った。今回は知紗の他にあと二人参加者がいるはずで、一体誰だろうと考える。

谷川が「次の人は……」と言いかけると、ふいに持田が手を挙げて言った。

「僕でいいですか」

「はい、どうぞ」

立ち上がって前に向かう彼を、知紗は驚いて見つめる。

先日知紗が社内コンペに参加すると語ったとき、持田は「自分は今受け持っている案件があるから無理だ」と話していた。その後もコンペの作品を作っているという話は一切聞かず、もしかして内緒にされてたのかと考える。

(言ってくれればよかったのに、何で黙ってたんだろう。さっきも無視された気がしたし、わたし、持田くんに何かした?)

落ち着かない気持ちになりながら、知紗は彼を見つめる。パワーポイントの準備をした持田が、口を開いた。

「僕の今回のテーマは、〝地方都市の観光サイト〟です。近年は都市部に人が一極集中し、地方の過疎化などが問題になっていますが、一方で田舎暮らしがブームでもあります。自然豊かで長閑な町の紹介をすると共に、自治体としての取り組みや四季折々のイベント情報などをわかりやすく載せると、『住んでみたい』『行ってみたい』と考えるユーザーが増えるのではないかと思いました。こちらをご覧ください」

(何これ……)

彼のプレゼンを見ているうち、知紗の顔からじわじわと血の気が引いていく。

――目の前で展開されるウェブサイトは、知紗がこれから発表しようとしているものとそっくりだった。

コンセプトや構成がほとんど同じで、コンテンツには多少の違いがあるものの、瓜二つといっていい。何よりサイトを開いたときに目に飛び込んでくる写真は、知紗が自分で撮ったものだ。パワーポイントの画像を食い入るように見つめ、知紗はグルグルと考える。

（一体どういうこと？　持田くんが、わたしの作品を真似した？）

これまで会社でサイトの制作作業をしているとき、詳細を説明したことは一度もなかった。

元々守秘義務やオリジナリティの観点から、自分が手掛けているデザインについて詳しく話すデザイナーは少ない。しかもパソコンの中にあったデータを彼がどうやって持ち出したのか、疑問が心に渦巻く。

（どうしよう。このあとわたしが発表したら、それを見た周りの人はどう思うか）

同僚として誰よりも信頼していた持田に裏切られた事実は、知紗に大きなショックを与えていた。

何も知らない社員たちはサイトに使われた写真やページ構成を褒めていて、持田は満更でもない顔をしている。だが久原だけは、タブレットを見つめて何か考え込んでいる様子だった。意見交換が一段落したところで、谷川が隣に座る彼に対して水を向ける。

「支社長、何か一言お願いします」

「持田、これは……、いや」

何か言いかけた久原が言葉を途切れさせ、顔を上げずに答える。

「残りの参加者の講評は、最後にまとめて言おう。とりあえず次に進めて」

「わかりました。では、次は……」

中堅社員の田中がグルメサイトのプレゼンを始め、知紗はそれを上の空で聞く。

やがてそれが終わり、谷川が言った。

「じゃあ、最後は三嶋さんだな。……三嶋さん？」

彼に呼ばれた知紗は、椅子から立ち上がれずにいた。

このまま発表しても、ここにいる誰もが持田の二番煎じだと考えるだろう。それどころか、知紗が彼の作品を模倣したと思うのは確実だ。

（だったら、辞退したほうがいい。ここにいる全員にそんなふうに思われるくらいなら）

そう考えた知紗は、「あの……」と口を開きかける。すると久原が、それに被せるように言った。

「――三嶋、エントリーしたからにはちゃんと発表しろ。皆そのために集まってる」

「えっ」

「多少拙くても、自分で納得いく完成度でなくとも、それはそれで構わない。実際にクライアントに出すものが中途半端なのは大問題だが、ここは社内だ。先輩社員たちの胸を借りるつもりでいいと思う」

久原に促された知紗は、何と答えていいかわからず言葉を失くす。発表するのを辞退しようと考えていたのに、これでは退路を塞がれた形だ。

（どうしよう……こんな言い方をされたら）

これで頑なに辞退すれば、無責任な人間だと思われかねない。

立ち上がった知紗は、己の心を叱咤し、ノートパソコンを持って前に出る。途中、こちらの青ざめた顔に気づいた加納が心配そうな視線を向けてきていた。

パワーポイントの準備を終えた知紗は、小さな声で説明する。

「わたしの作品は、これです。……お手元の端末で詳細をご確認ください」

間もなく室内がざわめき出し、「なあ」「ちょっとこれ」というささやき声があちこちから聞こえ始める。

知紗が作ったのは〝地方自治体のプロモーションサイト〟で、コンテンツは町内の観光名所や特産品の紹介、イベント情報などで構成されていた。

内容的には持田の作品と被っており、一目見て似通った印象を受ける。特にインパクトがあるのは夕暮れどきの複雑な空の色が反射し、表面が風でさざめく水たまりの写真で、どう見ても同じものだった。

いたたまれず立ち尽くす知紗の耳に、ディレクターの丸山が発した言葉が飛び込んでくる。

「――やっぱパクってんじゃん」

その言葉は、鋭い刃のように知紗の心に突き刺さった。

それを聞いた加納が顔色を変え、彼に向かって「ちょっと」と気色ばむ。一方の持田は平然としており、隣にいた社員から話しかけられていて、何やら困った顔で受け答えをしながらこちらをチラリと見た。

「……っ」

知紗のアイデアを模倣したにもかかわらず、彼は普通の顔をしている。

それにショックを受け、食い入るように持田の顔を見つめていると、ふいに久原が口を開いた。

「――静かに」

低いがよく通る声が響き、ざわめいていたミーティングルーム内がしんと静まり返る。

彼は知紗を見つめて問いかけてきた。

「俺が見るかぎり、三嶋の作品は持田のものと似ている部分があるようだ。これについてはどう思う？」

久原の表情からは考えが読めず、淡々とした口調はまるで詰問されているように感じる。

それを見た知紗は、胃がぎゅっと引き絞られる気がした。

（明慶さん、わたしが持田くんのデザインを真似したって思ってる？　もしかして軽蔑してるの……？）

だがまったく身に覚えがなく、良心に恥じることは何もしていない。

知紗は背すじを伸ばし、久原を真っすぐに見つめて答えた。

「わたしは持田さんの作品を、何ひとつ模倣していません。彼が今回のコンペに出ることも知りませんでした」

　彼は知紗の瞳を見つめ、すぐに手元のタブレットに目を伏せて「そうか」とつぶやく。そして持田に視線を向けて言った。

「じゃあ、持田はどうだ。三嶋との共通点について、何か思うことは？」

「困惑しています。僕はこのデザインに関して、一〇〇パーセント自分のものだと言いきれる自信があるので」

　彼が落ち着いた口調でそう答え、社員たちが顔を見合わせている。久原が続けて問いかけた。

「今回のコンペにエントリーしたのは持田が最後で、しかも今日の朝だった。その理由は？」

「他の仕事をしながらギリギリまで調整をしていて、完成できるかどうかがわからなかったからです。昨日の夕方にずっと煮詰まっていたF社の案件を提出できたので、コンペの作品の仕上げに取りかかることができました。そうですよね、丸山さん」

　急に水を向けられた丸山が、びっくりしながら頷く。

「あ、ああ。昨日の夕方、確かに持田からF社のデザインを受け取った。お前はそのあとだいぶ遅くまで残って作業してたみたいだけど、これをやってたんだな」

　持田がそれを受け、言葉を続けた。

「三嶋さんと僕は席が隣ですし、もしかしたら作業中にモニターが見えてしまって、彼女にヒントを与えてしまったのかもしれません。ただ、ここまであからさまに似てしまったことは非常に残念です。実は少し前から三嶋さんに関するある噂が流れていて、それについては僕も聞き及んでいました。でも同期入社で今まで仲良くしていただけに、彼女を信じたいという思いが強くあったんです。それなのに、こんなことになってしまって……もっと早くに三嶋さんを諌めることができていたらと、悔やむ気持ちでいっぱいです」

彼の静かな口調と悲しげな表情は周囲の同情を誘うもので、知紗は周囲の自分への反感が高まっていくのを肌でひしひしと感じる。

（あの噂のことを、ここで持ち出すなんて。持田くんはわたしが人の模倣をする人間だと、周りに強く印象づけようとしてる……）

こんなことをする人間だと思わなかった。

同じ目線で切磋琢磨できる同志だと思っていたのに、本当の持田はこちらを平気で陥れられる性格の持ち主だったのだ。

知紗が泣きそうになるのをこらえ、ぐっと唇を引き結んでいると、久原が口を開く。

「なるほど、持田の言い分はわかった。デザインが似たのはあくまでも三嶋のせいであり、自分に落ち度はまったくない。そういうことだな」

「はい」

持田が自信満々に頷き、知紗は敗北感でいっぱいになる。しかし次の瞬間、久原が言ったのは思いがけないことだった。

「――三嶋、この夕暮れどきの空が水たまりに反射した写真は、お前が自分で撮ったものだと言ってたよな。だったらオリジナルのデータが手元に残ってるんじゃないか」

「えっ」

知紗はポカンとし、まじまじと彼を見つめる。

言われてみれば、確かにそうだ。作品に使った写真は、すべて中ノ町でスマートフォンを使って撮った。ならば内部ストレージに、データが日付入りで残っている。

知紗は急いでスマートフォンを取り出し、写真のフォルダを開いた。そしてそれを久原と谷川の元に持っていき、二人に見せて説明する。

「この水たまりの写真は、祖母の家がある中ノ町という集落で撮ったものです。日付は今月の二十四日になっています」

谷川がスマートフォンを覗（のぞ）き込み、写真をスライドしながら隣の久原に向かって言う。

「確かに七月二十四日に撮ったというデータがありますね。類似の写真も何枚かある」

「ああ。持田、お前の作品の中にあった写真は一体どこで手に入れたものだ？　このとおり三嶋は、自分が撮影したものだという証拠を示している。だったらお前も提示しなければフェアじゃない」

「……それは」

「これだけの人数の前で、彼女を『自分の作品を模倣する人物だ』と言ったんだ。その言葉には、重い責任が課せられなければおかしいだろう。一人のクリエイターをここまで貶（おとし）

めておいて、自分のほうのデータの出所を曖昧に濁すのは、俺は絶対に容認しない」

それを聞いた知紗は、涙が出そうになる。

久原が自分を信じ、持田に対して静かな怒りを見せてくれていることがうれしかった。

気がつけばミーティングルーム内がざわめいていて、社員たちがヒソヒソと何かささやき合っている。

そんな中、持田は顔をこわばらせて黙り込んでいた。久原が厳しい眼差しを向けていて、知紗は固唾を飲んで成り行きを見守る。すると持田が口元を歪め、ふっと笑った。

「……何だよ。てっきり素材だと思ってたのに、自分で撮った写真だなんて盲点だったな」

知紗は彼を見つめ、問いかけようとする。

「持田くん、それって……」

「そうだよ、俺は三嶋さんのアイデアを盗んだ。自分でコンセプトを練ることに行き詰まって」

持田が自ら不正を認め、知紗は安堵と怒りが入り混じった複雑な気持ちを味わう。

だがどうしても確かめたいことがあり、彼に向かって口を開いた。

「わたしのパソコンの中にあったデータを、どうやって引き出したの？　パスワードを設定してたのに」

「隣の席にいるんだから、いくらでも見る機会はあったよ。一旦帰ったふりをして会社を出て、オフィスに誰もいなくなったのを見計らって、君のパソコンからデータをコピーしたんだ。Photoshopで作業途中のものと、画像フォルダにあった写真をね」

　知らないうちにデータをコピーされていたと知り、知紗の心に何ともいえない嫌悪感がこみ上げた。これまで持田に抱いていた信頼が崩れていくのを感じながら、押し殺した声でつぶやく。

「どうして、そんなこと……今まで同期として、仲良くしてたのに」

　すると彼は鼻で笑い、開き直ったように答えた。

「仲が良かったからこそだよ。三嶋さんのことは嫌いじゃなかったけど、最近何か鼻についてさ。俺が割り振られた仕事で煮詰まってる横で、いつもニコニコ楽しそうにしてて、少しずつ結果を出してる。ずっと同じレベルでいてほしかったのに、『ステップアップするために、社内コンペに参加するつもりだ』って言い出して、猛烈な焦りがこみ上げた。だからわざと噂を流したんだ、『三嶋知紗は、人のアイデアを盗んでる』って」

「……そんな」

　——あの噂は、持田が流したものだった。

　それを知った知紗は、呆然として彼を見つめる。悪意に満ちた噂を耳にしたとき、知紗の心は深く傷ついた。持田は親身になって話を聞いてくれたのに、実はそういう事態を招いた張本人だったという。

（……ひどい）

　励ましてくれた言葉も、わざわざ手渡してくれたマスコットも、全部が真実を覆い隠すための嘘だった。

それを実感した知紗が顔を歪めると、谷川が久原と何やら話し合い、室内を見回して言った。

「悪いが今日のプレゼンは、これで終了だ。持田と三嶋は事情を聞くために残ってもらうけど、他は各自の仕事に戻ってくれるかな。詳細は後日、支社長の口から報告するよ。以上」

社員たちが立ち上がり、ゾロゾロとミーティングルームを出ていく。

知紗はプロジェクターの機材の横に立ち尽くしたままだったが、そこに通りかかった加納が気遣わしげに声をかけてきた。

「大丈夫？」

「あ、はい」

「あとでゆっくり話しましょうね」

彼女が微笑んでくれ、知紗の気持ちがわずかに和む。

社員たちが出ていった室内には、知紗と持田の他、久原と谷川、それに丸山が残っていた。二人のディレクターと話していた久原がこちらに向き直り、口を開く。

「三嶋も適当に座ってくれ。――ゆっくり話を聞かせてもらうから」

第九章

その後、持田は久原の事情聴取に素直に応じた。

彼は最近仕事に行き詰まりを感じ、ひどく悩んでいたという。担当する案件の納期を守れなかったり、何度もリテイクを食らうことが続き、自分はウェブデザイナーに向いていないのかもしれないという気持ちが強くなっていたらしい。

だが同期入社の知紗はどんどん力をつけていて、たとえリテイクを食らってもすぐに修正できる柔軟な思考を持っている。現状に満足せず、新しい技術を習得するために帰宅後も勉強していたり、忙しい仕事の合間を縫って社内コンペにも挑戦しようとしているのを聞くと、猛烈な焦りがこみ上げた。

そうするうち、次第に嫉妬めいた感情を抱くようになっていったのだと持田は語った。

「同じくらいの実力だと思ってたのに、三嶋さんが俺より評価されるのが許せなかった。だからネットカフェのパソコンを使って、社内の何人かにメールを送ったんです。三嶋さんが人のアイデアを盗んでるっていう噂が広まるように」

送る相手は全員ではなく、ディレクターの丸山と噂好きな男女二人に厳選した。

持田の読みどおり、噂はじわじわと社内に広まり始め、ついに知紗本人の耳に届いたときにはうれしくてたまらなかったという。それを聞いた久原は、かすかに眉を寄せた。

（ふざけるな。自分で努力することを諦めていたくせに、嫉妬で人の足を引っ張ろうとするなんて）

だが自分の立場的に、感情で怒るわけにはいかない。そう考えた久原はぐっと気持ちを抑え、彼を見つめて言った。

「改めて聞くが、今回のコンペにエントリーした作品は、三嶋のものを模倣したので間違いないか」

「はい。さっきも言ったとおり、オフィスに人がいなくなったあとに忍び込んで、彼女のパソコンからデータをコピーしました」

オフィスはスマートロックを採用しており、社員のスマートフォンを使って開錠や施錠ができるようになっている。クラウドで入退室を管理していて、ログを確認すればその裏付けが取れそうだ。

実は久原は、持田のプレゼンを見た瞬間に知紗の作品の模倣だと気づいていた。きっかけは、あの写真だ。中ノ町で彼女が雨の中撮影したもので、久原はそれを見せてもらった記憶があった。

（でも……）

ここには多数の社員がいて、確たる証拠がないままに糾弾するわけにはいかない。

どうやら知紗は同じ写真を使ってサイトを作っていたらしく、プレゼンを辞退しようとしていたようだが、久原はあえて発表させた。案の定社員たちからヒソヒソ言われてしまい、見ていてとてもつらかったが、結果として持田の不正を明るみに出すことができた。

すると丸山が突然「三嶋さん」と呼びかけ、ガバッと頭を下げた。

「ごめん！　俺、いきなり届いた匿名のメールを鵜呑みにして、君に嫌な態度を取ってた。三嶋さんが他人のアイデアを盗んでるのを実際に自分で確かめたわけじゃないのに、さっきも聞こえよがしにあんなことを言って……。本当に申し訳なく思ってる。許してほしい」

「そ、そんな。顔を上げてください」

知紗が恐縮し、彼に向かって言った。

「わかってくれれば、それでいいですから。社内の全員がそういう態度を取ってたわけじゃなく、味方になってくれる人もいましたし」

彼らのやり取りを横目に、久原は持田に視線を戻す。そしてその顔を見つめて告げた。

「持田、お前がしたことは三嶋のクリエイターとしての価値を著しく失墜させるもので、断じて許されることではない。この件は本社に上げて、執行部で対応を審議することになる。それまでは自宅謹慎だ」

「…………わかりました」

それから久原は持田の件を本社に報告して対応を協議したり、クライアントとの打ち合わせなどをこなし、忙しく過ごした。

そうする合間、ディレクターの谷川に直近二週間のオフィスへの入退室者のログ確認作業を頼んだが、快く了承した彼はふと気がついたように言った。

「支社長、あの写真が三嶋さん本人が撮ったものだって知ってたんですか？　オリジナルのデータが彼女の手元に残ってて、結局濡れ衣を晴らせたのはよかったですけど」

「ああ。給湯室でたまたま会って話したとき、彼女がスマートフォンの写真を見せてきて、『自分で撮ったこの写真を使おうと思ってるんです』って言ってたから」

「ああ、なるほど」

さりげなく誤魔化した久原は、丸山を呼んで個別に注意した。

「匿名メールの内容の真偽を確認することなく、思い込みで下の人間に冷たく当たるのは言語道断だ。そういう場合は谷川や俺とすぐに情報を共有するべきだし、ディレクターという立場で無責任な噂の流布に加担するようなことがあってはならない。今後は気をつけるように」

「はい。申し訳ありませんでした」

仕事をしながらときどきオフィス内に目を配ると、知紗の姿が目に入る。

持田のしたことを知ったときの彼女はひどくショックを受けた様子だったが、その後は他の社員と少々ぎこちないながらも言葉を交わしており、落ち込んだ様子を見せずに気丈に振る舞っていた。

（……知紗と話をしないとな）

今日の昼に彼女からメッセージがきており、「今日の夜、仕事が終わったあとに話がしたいので、時間をください」と書いてあった。

日曜日に言い争って以来、ちゃんと話をするのは五日ぶりで、久原は複雑な気持ちになる。真帆がついた嘘を信じている知紗は、もしかしたら別れを選択するつもりかもしれない。だが後ろ暗いことがひとつもない久原は、何とかそれを回避しようと考えていた。

集中して仕事をこなし、どうにか午後七時に一段落させる。そして退勤し、車で待ち合わせ場所であるカフェに向かった。少し走ると店の前で人待ち顔で佇む知紗の姿があり、車を減速させる。

「お疲れ」

パワーウインドウを下げて声をかけると、彼女が少し緊張した顔で答える。

「お疲れさまです」

「乗ってくれ」

知紗が助手席に乗り込み、久原は緩やかに車を発進させる。そして自宅マンションに向かいながら口を開いた。

「――今日は災難だったな。まさか持田があいうことをするとは思わなかったから、驚いた」

「……はい」

「大丈夫か？」

チラリと視線を向けて問いかける久原に、彼女が頷いて答える。

「大丈夫です。結構気を使ってくれる人が多くて、噂を信じていた人も謝ってくれましたから」

「丸山には、個別に注意しておいた。持田の件は本社に報告して、このあと処遇を決めるため、役員会議にかけられることになる」

午後七時過ぎの幹線道路は、ひどく混み合っていた。

空はまだぼんやりと明るさを残し、淡い水色に薄墨を広げたような色をしている。辺りが暗くなりつつある中、車道に溢れる他の車のライトが明るく浮かび上がっていた。知紗がうつむきがちに口を開く。

「持田くんのプレゼンを見て、わたしはすぐに自分のものとそっくりなことに気づきました。だから発表するのを辞退しようとしていたんですけど、明慶さんはあのとき事情がわかってて『エントリーしたからには、ちゃんと発表しろ』って言ったんですか？」

「ああ。持田が作ったサイトの中の写真に、見覚えがあったから」

知紗が中ノ町で撮った写真は、空の色彩を写し取った水面が風でさざめく様子が独特で、強く印象に残っていた。

だからこそ、持田の不正を暴くべく彼女に発表させたが、他の社員たちに誤解された知紗はきっと針の筵（むしろ）だったに違いない。久原はハンドルを握りながら言った。

「知紗を苦しい立場に立たせてしまって、悪かった。だが内々で処理するより、ああいう形で持田の不正を明らかにしたほうがお前のためになると思ったんだ」

「わかっています。だから気にしないでください」

前の車の赤いテールランプが差し込む車内に、沈黙が満ちる。

やがて久原の車は自宅マンションの駐車場に乗り入れ、停車した。二十階にある部屋に向かい、リビングのクーラーの電源を入れた久原は、彼女にソファを勧める。

そして台所で冷たいお茶をグラスに淹（い）れ、二つテーブルに置いた。すると知紗が意を決した様子で口を開く。

「このあいだの日曜日のことを、ずっと考えてました。あのときのわたし、明慶さんの話を全然聞かなくて、それどころかすごく失礼な発言をしたと思います。本当にすみませんでした」

「いや、いいんだ。確かに俺の言い方は要領を得なかったし、それを知紗が『煮えきらない』って思うのは当たり前だったと思う」

ソファに隣り合わせで座った久原は、彼女に向かって言った。

「あのとき言いたかったことを、詳しく説明させてくれ。まず、真帆が俺の婚約者だという事実は一切ない。あいつの嘘だ」

「………」

「過去に恋愛関係だったことも、一度もない。だが幼少期からずっと付き纏われていて、それは高校を卒業するまで続いた」

知紗が驚いた顔で「そんなに？」とつぶやく。久原は頷き、説明した。

――十歳の頃、友達がいない真帆がしつこく自分の後を追いかけ回し、ジャングルジムの天辺から落ちたこと。足を骨折した彼女は自分で落下したにもかかわらず、「明くんに突き落とされた」と嘘を言ったこと。事実無根だったが他に目撃者がおらず、真帆の嘘を認める形で謝罪せざるを得なくなったこと――。

すると知紗が、困惑した様子で言う。

「そんな、本当は自分で落ちたのに、あたかも明慶さんにされたことのように言い張って謝らせたってことですか？」

「ああ。あいつの右脚には後遺症が残って、少し引きずって歩くようになった。それを盾に我儘放題になって、さんざん俺を振り回したんだ」

高校時代に交際を迫られるようになったものの、断固として断り続けたことを説明すると、彼女が「あの」と控えめに口を開いた。

「明慶さんはあの人に告白されて、まったくその気にならなかったんですか？　すごくきれいな人なのに」

「真帆とつきあうなんて、死んでもご免だ。あいつが怪我をしたのは七歳のときだったが、それから怪我を盾に何年も俺に言うことを聞かせてきて、そんな人間を好きになれるはずがない。正直顔を見るのが嫌なくらい、うんざりしてた」

大学進学のために中ノ町を出て、得度したときに戻って以来、必要最低限しか帰省しなかった。

だが兄の入院によって帰らざるを得なくなり、真帆と十年ぶりに顔を合わせたのだと久原は語った。

「あいつはS市で働いていたんだが、体調を崩して実家に戻ってきたらしい。それから彩樂寺(うち)に頻繁に訪れるようになった」

それだけではなく、彼女の母親に結婚を容認するような発言をされたときは、自分の意思とは無関係に話を推し進められそうな雰囲気に不穏なものを感じた。久原は小さく息をつき、言葉を続ける。

「たぶん知紗に会いに行ったのは、あいつなりの牽制(けんせい)なんだろう。年齢的に結婚したいと考えている真帆にとって、俺は恰好(かっこう)のターゲットなのかもしれない」

「……そうだったんですか」

知紗が複雑な表情になってうつむく。その横顔を見つめ、久原は言った。

「俺が知紗にはっきり言えなかったのは、真帆を怪我させた張本人なのに責任逃れをしていると誤解されたくなかったからだ。俺は地元で、長年彼女が足を引きずる原因となった人間として周知されている。でも事実は違っているということを丁寧に説明したいあまり、あんな持って回った言い方になってしまった」

いわば保身のためだったのだと語り、久原は自嘲する。

「やってもいないことの責任を負わされ、真帆の我儘に何年もつきあわされてきた俺は、だいぶ気難しい人間になった。人との関わりが極端に面倒になって、仕事さえしていれば愛想なんか必要ないと思うようになったんだ。その原因になった真帆とどうこうなることは、天と地がひっくり返ってもありえない。だから信じてほしい」

知紗がこちらを見つめ、瞳を揺らす。そして「でも」と小さな声で言った。

「あの……芹澤さんは、明慶さんのお臍の横にあるほくろのことを知っていたんです。それ以外にも耳元でささやかれる声がいいとか、つきあっていないとわからないようなことを聞かされたので、てっきりわたしは『そういうことなんだ』って……」

「俺とあいつは幼馴染で、子どもの頃はパンツ一丁で水遊びとかを一緒にしていたから、ほくろについて知っていてもおかしくないと思う。それをいかにも思わせぶりに話すのは、真帆の得意分野だ」

それを聞いた彼女が、「じゃあ……」とつぶやき、久原は頷いて答えた。

「あいつとそういう行為をした事実は、仏に誓って一切ない。ここまでの経緯を聞いたら、俺がまったくそんな気になれないことが理解できるはずだ。我儘ぶりが、〝幼馴染だから〟という理由で許容できる範囲をはるかに超えてるんだからな」

するとと知紗が久原の言葉を嚙みしめるように、束の間沈黙する。やがて彼女は顔を上げ、久原の目を真っ直ぐ見て言った。

「……信じます。明慶さんにそんな事情があったなんて、まったく想像していませんでした。芹澤さんがすごくきれいな人で、自信満々に『あの人には、私を見捨てられない理由がある』なんて言うから……わたし」

「あいつの常套(じょうとう)手段だ。学生時代も、俺が女子と歩いているのを見たら陰で相手に接触して、あることないこと吹き込んで別れさせてた。それを咎(とが)めると、『私のほうが明くんにふさわしいのに』って不貞腐れて」

久原は腕を伸ばし、彼女の手を握って言う。

「お前がわかってくれて、ホッとした。もし真帆の言うことを信じて『別れる』なんて言い出したらと思うと、仕事に手がつかなかったから」

「う、嘘ですよ。だってわたしが見たとき、明慶さんはいつもどおりの顔でモニターを見てましたもん。電話や打ち合わせもバリバリこなして」

「内心の動揺を押し隠して、そう見えるように振る舞ってたんだ。でも知紗が『自分から連絡するまで時間をくれ』って言った以上、その気持ちを尊重するしかなかった」

握った手に力を込めた途端、知紗がじんわりと頬を赤らめる。

それを見るとにわかに飢餓感が募り、久原は彼女の腕を引いてその身体を強く引き寄せた。

「あ……っ」

腕の中にすっぽり収まる華奢(きゃしゃ)な身体の感触に、いとおしさがこみ上げる。

ずっとこんなふうに、触れたくてたまらなかった。失うかもしれないと思うとやりきれず、自分にとっての知紗がかけがえのない存在になっていることを実感した五日間だった。

するとと彼女が、こちらの背に腕を回しながら言う。

「……ごめんなさい。わたしの早とちりのせいで、明慶さんをやきもきさせてしまいましたよね。わたしはこのとおりそそっかしいですし、芹澤さんに比べたら美人でも何でもないので、自信のなさからあの人の言うことを信じてしまったのかもしれません」

「まあ、いきなり現れた奴にそんなこと言われたら、普通は動揺するよな」

久原は「でも」と言い、知紗のつむじを見下ろして笑う。

「お前にはいいところがいっぱいあるよ。いつもニコニコしていて明るいし、向上心があって、仕事にも一生懸命取り組んでる。それに年寄りに優しくて、料理も上手い。そういう知紗と一緒にいるうち、俺は自分の心が丸くなってると感じるようになった。あれだけ愛想なしと言われて、自分でもその自覚があったのに」

久原が「前に言わなかった、お前に惚れてる部分だ」と付け足すと、彼女は面映ゆそうな表情になり、小さく言った。

「明慶さんは……優しいです。確かに前は愛想がありませんでしたけど、個人的に話すうちに意外に気さくな人なんだってことがよくわかりました。お坊さんとしての姿はとても立派で、読経の声やお説法が素晴らしくて、気がつけば一人の男の人として意識してました」

知紗が一旦言葉を切り、再び口を開く。

「もし芹澤さんが言っていた婚約話が本当なら、わたしはすぐに別れるべきだと思ってました。でも明慶さんと一緒に過ごした楽しい時間や、優しくされたことばかりが頭に浮かんで、諦めきれずにいたんです。万が一でも彼女の言葉が嘘である可能性があるなら、それに賭けたい——そんな気持ちで、今日のお昼にメッセージを送りました」

そのひたむきな言葉にいじらしさを感じ、久原は胸を締めつけられる。

腕の中の身体を強く抱きしめ、柔らかな髪に顔を埋めながら、押し殺した声でささやいた。

「今日のプレゼンが終わったら、俺のほうから会いたいって言うつもりでいたんだ。あのときの知紗の様子からもう駄目なのかもしれないと思いつつも、とにかく話がしたいという焦りに駆り立てられて、諦めきれなくて……。今までこんなにも誰かに執着することなんてなかったのに」

「明慶さんが？」

彼女が顔を上げてそんなことをつぶやき、久原は苦笑して言う。

「このとおり偏屈な性格だから、今までわりとドライなつきあいしかしてこなかったんだ。それなのにお前だけは、なりふり構わずに追いかけたくなってる。見た目より重い男で幻滅したか？」

「そんなことありません。お互いに好きで同じ気持ちなんだって思ったら、すごくうれしいです」

頬を紅潮させて答える知紗が可愛く、久原は微笑む。そしてその顔に触れて頬を撫でつつ、問いかけた。

「――抱いていいか」

「えっ？」

「もう五日も、お前に触れてない。欲求不満でおかしくなりそうだ」

＊＊＊

「あ……っ」

ソファの上で抱き寄せられ、久原の唇が首筋に触れてくる。

それと同時に彼の手が薄手のサマーニットの中に忍んできていて、知紗は息を乱した。

久原の大きな身体と体温、その匂いを間近に感じ、胸がいっぱいになっている。

（芹澤さんの言っていたことが、嘘でよかった。……でも明慶さんに、あんな過去があったなんて）

身に覚えのない罪を着せられ、それを盾に長年真帆から粘着されていたのだと知ったときは、驚きで言葉が出なかった。

だが話を聞けば、久原が彼女を嫌って婚約話を「ありえない」と断言する理由がわかり、知紗は何ともいえない気持ちになる。そして八年ものあいだ久原を束縛し続け、この期に及んでも嘘で彼の交際相手を排除しようと画策する真帆に、ふつふつと怒りが湧いた。

（いくら明慶さんのことが好きでも、芹澤さんの行動は身勝手すぎる。どうしてそこまで傍若無人に振る舞えるんだろ）

彼は自身の性格を「愛想がなく、偏屈だ」と評したが、十歳の頃から理不尽に耐え続けたのなら、そうなっても不思議ではない。

あの狭い集落で周囲の目をどんな気持ちで受け止めていたのかと思うと、知紗の胸が痛んだ。思わず久原の頭を引き寄せてぎゅっと強く抱きしめると、彼が驚いたように動きを止める。

「……知紗？」

「明慶さん、わたしは年下で頼りないかもしれませんけど、明慶さんが優しい人だってことや、本業で忙しいのにお坊さんの仕事に真摯に取り組んでいるのを知ってます」

「…………」

「だからたまには、弱音を吐いていいですからね」

久原のプライドを傷つけないよう、精一杯言葉を選んでそう言うと、彼がふっと笑う。

そして知紗の上体を抱きしめ、胸に顔を埋めながら答えた。

「そうか。実際に弱音を吐くかどうかはわからないが、こうやって知紗を抱くと癒される。だから好きなだけしてもいいってことだよな」

「えっ」

「じゃあ、早速触らせてもらうか」

服越しに胸の先を嚙まれ、知紗はビクッと身体を揺らす。

サマーニットをまくり上げ、ブラのカップを引き下ろした久原が、先端に舌を這わせてきた。濡れて柔らかい感触が乳暈をなぞり、そこがみるみる硬くなっていく。

「……っ」

そうしながらも彼が視線だけを上げてきて、知紗は頰が赤らむのを感じた。ソファの上で膝立ちしているのが落ち着かず、久原の肩をつかんで言う。

「あの、明慶さん、ベッドで……」

「移動するまで待てない」

「そんな……あっ」

腰を抱き込む形で彼の右手が尻のふくらみを握り、やわやわと揉む。

スカートをたくし上げた手がストッキング越しに下着に触れ、思わず身じろぎした拍子に久原の顔に強く胸を押しつけてしまった。すると顔に掛かるニットが邪魔だったのか、彼が唇を離して言う。

「脱がすぞ」

ニットを頭から抜かれ、ブラも取り去られる。

無防備になった胸をつかみ、久原がなおも先端を舌で嬲ってきた。芯を持ったそこを舐め、ときどき吸い上げられる。そうするとゾクゾクした感覚がこみ上げてきて、知紗は息を乱した。

「はぁっ……」

見下ろす彼の顔は整っていて、きれいに通った鼻筋や涼やかな目元に色気を感じる。長めの前髪が肌をくすぐり、それにすら感じて息を詰める知紗に気づいた久原が、チラリと笑って言った。

「ほんと、感じやすいよな。こっちはどうだ」

「あ……っ」

ストッキングの中に入ってきた手が、下着越しに脚の間をなぞる。そこはじんわりと湿っていて、布越しに触れられただけで蜜口が期待にひくついた。クロッチの横から入ってきた指が、花弁を直になぞる。ぬるつく愛液を纏いながら指が割れ目を行き来し、知紗の太ももがビクッと震えた。

「んん……っ」

彼の指が蜜口にめり込み、わざと音を立てるように浅いところをくすぐられる。次第にもどかしさを感じて久原の肩にぎゅっと強くつかまると、間近で視線が合った。気がつけばどちらからともなく唇を寄せ、キスをしていた。

「は……っ」

舌が絡まり、ぬるりとした感触に官能が高まる。

蒸れた吐息を交ぜる行為に夢中になり、互いに奪い合うように貪った。すると不意を衝くように彼の指が中に埋められて、知紗は喉奥で呻く。

「んぅっ……」

鬚を掻き分けて進む硬い指がときおり内壁を引っ掻き、肌が粟立つ。そのままゆるゆると抜き差しされて、知紗は久原の肩につかまってささやいた。

「……っ……明慶、さん……」

「ん？」

「ぁ、膝立ちしてるの、つら……っ」

「ああ、なら姿勢を変えようか」

一旦指を引き抜いた彼がストッキングと下着を脱がせ、知紗の身体を背もたれに預ける形でソファの座面に座らせる。

そして自身は床に降り、こちらの脚をつかんで大きく開いた。あられもないポーズを取らされた知紗は驚き、慌てて久原の手をつかむ。

「ま、待ってください、この姿勢は……っ」

「隠すなよ」

彼が欲情のにじんだ眼差しで見つめ、低くささやいた。

「――全部見せろ」

「……っ」

腰に響くような声でそう言われ、知紗の顔が一気に赤らむ。

官能を刺激されて身体の奥が熱く潤み、自分の淫らさにここから逃げ出したい気持ちにかられた。そんなこちらの気持ちを知ってか知らずか、久原が身を屈め、脚の間に顔を埋めてくる。

「あ……っ」

ぬめる舌が秘所に触れ、割れ目を舐め上げる。

まだスカートを穿（は）いたままとはいえ、部屋の電気は皓々（こうこう）と点いているため、彼にはすべて見えているはずだ。恥ずかしさに頭が煮えそうになりながら、せめて声は抑えようと知紗は手で口元を押さえる。音を立てながら愛液を舐め取った久原が、花芽を舌で押し潰した。

「んん……っ」

ピンと尖（とが）ったそこはひどく敏感で、怖いくらいの快感を伝えてくる。舌先でつついたり、形をなぞるように舐め上げられると、声を我慢するのが難しかった。

「んぁ……っ！」

花芽を嬲るのをやめないまま彼が指を体内に埋めてきて、知紗の腰が跳ねる。

ゆるゆると抜き差しされるたびに愛液が溢れ、粘度のある水音が響いた。しばらく知紗を啼（な）かせていた久原が、ふと笑って言う。

「可愛いな。白い腹がビクビクしてて」

「あっ、あっ」

「このまま達くか」

花芽を強く吸われ、中に入った指がぐっと深いところを抉る。

その瞬間、知紗は声を上げて達していた。

「あ……っ！」

中が強く収縮し、指をきつく締めつける。

熱い愛液がどっと溢れるのがわかり、呼吸がひどく乱れた。体内から引き抜いた指を彼がそのままこちらの口元に寄せてきて、知紗は反射的にそれを舐める。

「ふ……っ……」

自らの体液で濡れた指を舌先で舐め取る様子を、久原がじっと見つめてくる。その色めいた眼差しに官能を煽られ、知紗は早く繋がりたい思いがこみ上げて仕方がなかった。

それは彼のほうも同じらしく、知紗の口元から指を離した久原が自身の下衣をくつろげる。取り出した屹立は既に隆々と昂っていて、目の当たりにした知紗は期待で蜜口がまた潤むのを感じた。

やがて避妊具を着けた彼がこちらの脚を広げ、剛直をつかんで切っ先をあてがってくる。

「――挿れるぞ」

「うぅっ……」

丸い亀頭をのみ込まされ、血管の浮いた太い幹がじわじわと体内に埋められていく。

硬く充実したそれは息をのむほどの質量で、知紗に強い圧迫感を与えた。だが待ち望んでいたものを与えられた喜びがあり、息を乱しながら声を上げる。

「ぁ、明慶さん……っ」

「……っ」

きつい締めつけに眉を寄せる久原の顔が壮絶に色っぽく、胸がきゅんとする。

心に呼応して内襞が蠢(うごめ)き、それに熱い息を吐きながら彼が律動を開始した。熱い楔(くさび)が内壁を擦り、奥を突き上げてくる。苦痛はなく、ただ快感だけがあって、知紗はその動きに翻弄された。

(あ、どうしよう、全部見られてる……)

明るい照明の下、久原の目には接合部が丸見えのはずで、恥ずかしくてたまらない。

その視線を意識して中を締めつけてしまい、それに気づいた彼が笑って言った。

「すごい締めつけだな。明るいと興奮するか？」

「……ぁ、そんな……っ」

「ここ、どんなふうに俺をのみ込んでるか教えてやろうか」

接合部をなぞりながらのとんでもない申し出に、知紗は羞恥で真っ赤になり、涙目で首を横に振った。

「や……っ」

すると久原が身を屈め、律動を止めないまま知紗の目元にキスをしてささやく。

「——泣きそうな顔して、可愛い」

「……っ……」

「自分でも呆れるほど、お前に嵌まってる。恥ずかしそうな顔も、泣きそうな顔も、どんな顔でも見たくて構い倒したくなる」

滅多に聞けない甘い睦言にぐっと心をつかまれ、知紗はじんわりと目元を染める。

——それから長いこと、彼の動きに翻弄された。繰り返し剛直を根元まで埋められ、感じるところばかりを突き上げて啼かされる。久原は一度果てても終わらず、ソファに上体を倒す姿勢で後ろからしたり、それでも飽き足らずに寝室に移動してまた抱いたりと、今までにない絶倫ぶりを見せつけてきた。

「はぁっ……明慶さん、もう……っ」

膝をつかんで何度も深く腰を入れられ、知紗が息も絶え絶えに懇願すると、彼はその腕を引いて対面座位の姿勢に誘導しながら言う。

「早すぎだろ、バテるの」

「あ、だって……っ」

身体に力が入らず、ぐったりと久原の肩口にもたれ掛かる知紗の頭を、彼の大きな手が撫でてくる。

「もう少しで達くから、あとちょっと我慢してくれ」

吐息交じりの声にささやかれ、頷くと同時に尻をつかんで下から突き上げられる。

濡れそぼった隘路（あいろ）が動きをスムーズにし、ぬるりと奥まで入り込む屹立が快感を与えてきた。気がつけば久原も息を乱していて、整った顔に汗がにじんでいる。彼の首に腕を回した知紗は、切れ切れに言った。

「明慶さん、好き……っ」

「……っ、俺もだ」

突き上げが激しくなり、知紗の嬌声（きょうせい）が高くなる。

互いに汗だくの肌が滑って、振り落とされないように夢中でしがみついた。その瞬間、久原がぐっと息を詰めて最奥で熱を放つ。

「……っ」

「あ……っ」

薄い膜越しに放たれる熱い飛沫（ひまつ）を感じ、柔襞がビクビクと震える。

荒い呼吸をしながら喘（あえ）ぎ、ようやく止んだ律動にホッとした。倦怠（けんたい）感が身体を重く満たすのを感じながら、知紗は間近で彼を見つめて恨みがましく言った。

「もう、ちょっとは加減してください。明慶さん、ずっと休みなく働いてて疲れてるはずなのに、何でそんなに元気なんですか……？」

「何でだろうな。俺は元々淡泊だったはずなんだが、今日は箍（たが）が外れたようだ」

立て続けに三度もしておいて「淡泊だ」などと言われても、信じられない。

知紗がそんなことを考えながらじっとりと見つめると、久原が笑って乱れた髪を撫でて

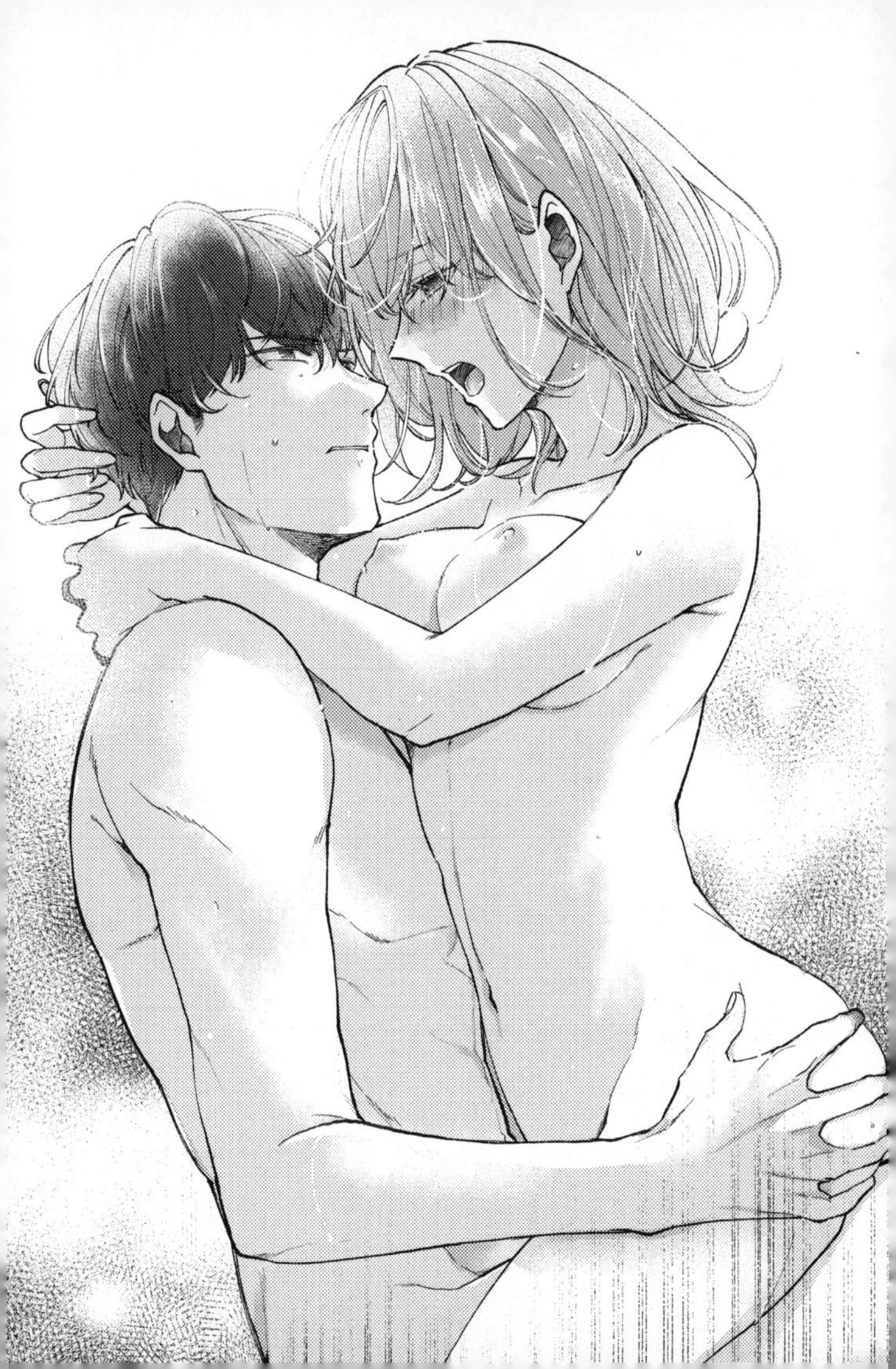

きた。

「この五日間、お前に触れてなかったんだから大目に見てくれ。シャワーに入るか？　それとも少し休むか」

「シャワーがいいです。汗かいちゃったので」

知紗をバスルームに連れていった彼は髪や身体を洗うなど甲斐甲斐しく世話をしてくれ、知紗は面映ゆさを味わう。

ドライヤーで髪を乾かしていた久原がそのスイッチを切り、こちらを見て言った。

「そういえばうちの兄貴が、数日前に退院したんだ」

「えっ、そうなんですか？　よかったですね」

久原が週末ごとに中ノ町に通っていたのは、実家の寺の住職をしている兄が事故で怪我をして入院してしまったからだ。

その兄が退院したのなら、もう寺の仕事を手伝わなくてもいいのだろうか。そんな疑問を悟ったように、彼が言葉を続けた。

「一応退院はできたけどまだ本調子じゃないから、俺は明日も中ノ町に行かなきゃならない。知紗はどうする？」

「わたしのほうは、先週で祖母の家の断捨離が一段落したんですけど」

シズが本格的に家を手放すときにはまた片づけが必要になるものの、今できるところまでは終わらせた形だ。だから行く必要はないが、それを聞いた久原が思いもよらぬことを言った。

「お前も疲れてるだろうけど、明日は俺につきあって同行してくれないか」

「どうしてですか？」

彼は強い決意を瞳ににじませて答えた。

「——真帆と直接、話をするから」

第十章

七月の最終日である今日、朝から気温がぐんぐん上がり、盛夏の様相を呈していた。

朝の八時に自宅を出発した久原は、珍しく高速道路を使って移動する。彼は助手席に座る知紗に向かって言った。

「眠くなったら、遠慮なく寝てもいいぞ」

確かに昨夜はクタクタに疲れてしまい、知紗はなし崩しに久原のマンションに泊まった。だが同乗者が眠ってしまったら、運転手はかなり退屈なはずだ。そう思い、「大丈夫です。起きてます」と答えたが、彼はふっと笑って言った。

「疲れさせた原因は俺なんだし、別に気を使わなくていい。着いたら起こしてやるから」

「大丈夫ですってば」

むきになってそう言い張った知紗だったが、気づけば車の心地よい振動で眠り込んでしまっていたらしい。一時間後に「そろそろ着くぞ」と起こされ、慌てて身体を起こした。

「すみません。わたし、あんな自信満々に『寝ない』って言い張ってたのに」

「別にいいよ。寝顔が可愛かったから」

　さらりと甘い言葉を言われ、知紗はドキリとする。じんわり頬を赤らめながら、モゴモゴとつぶやいた。

「明慶さん、前に『甘い台詞は言えない』とか言ってたのに、全然違うじゃないですか……」

「そうか？」

　彼はウインカーを出して右に曲がりつつ、「ところで」と言った。

「俺は先に寺で仕事をしなきゃならないが、知紗はそのあいだ柏原さん家に行ってるか？」

「それでもいいんですけど……」

　知紗はかねてから考えていたことを口にした。

「あの、よかったらお寺のお手伝いをさせていただけませんか？」

　久原が「手伝い？」と言って眉を上げ、知紗は頷(うなず)いて答える。

「お掃除とかをお手伝いできたら、明慶さんやお父さま、それにお兄さんも助かるかなって。お祖母ちゃん家に行っても、わたしはお茶を飲むくらいしかすることがないわけですし」

　図々しいお願いだろうか。

　以前彼は「掃除を含めた作務は、毎日の修行のひとつだ」と言っていたため、もしかすると部外者が軽い気持ちで立ち入るべきものではないのかもしれない。そう思いつつ、遠慮がちに問いかける。

「あの、駄目ですか？」

「いや、助かるよ。だったらその前に、柏原さんに一声かけておいたほうがいいんじゃないか」

「えっ？」

「わざわざここまでお前が来てるのに、スルーするのもおかしいだろ」

「そっか。そうですね」

知紗は納得しつつ、ふとここに来た理由をどう説明しようかと考える。

(明慶さんのお手伝いのためについてきたっていうのも、ただの上司と部下だとおかしいよね。えっ、どうしよう)

考えているうちに、久原の車が祖母の家の前に停まる。

運転席を降りた彼がさっさと家に向かって歩き出してしまい、知紗は慌ててその後を追った。玄関のチャイムを押すと、中からシズが出てきて目を丸くしながら言う。

「あら、明慶さん。ご苦労さまです」

「おはようございます、柏原さん」

彼女は知紗の姿に気づき、驚いた顔で問いかけてきた。

「知紗、あんた週末はもうこっちに来ないんじゃなかったの？」

「そ、そうなんだけど……」

「今回はうちの寺の雑事を手伝うとのことで同行してくれました。実は私は、知紗さんと交際をさせていただいております。ご家族である柏原さんには直接ご報告したく、このような時間にお邪魔いたしました」

さらりと告げられた内容に、知紗はびっくりして久原を見上げる。

まさかこのタイミングで、彼が交際を報告するとは思わなかった。するとシズが「まあ」と笑顔になって言う。

「わざわざご丁寧にどうも。二人の様子を見ているうちに、何となくそうなのかなとは思っていたけどねえ。清美が変に騒いだら拗れるかもしれないと思って、釘を刺していたんですよ」

彼女が自分たちの関係に気づいていたと聞き、知紗は何ともいえない居心地の悪さをおぼえる。

シズがこちらを見て言った。

「明慶さんはとても立派な方だから、私は安心して知紗を任せられるよ。彩樂寺さんのお手伝いをするって言ってたけど、決して粗相はないようにね。良信さんと英俊さんによろしく」

「う、うん」

祖母の家を出て車に乗り込み、目と鼻の先の彩樂寺に向かいながら、知紗は久原に向かって口を開く。

「明慶さんがいきなりお祖母ちゃんにあんなことを言うとは思わなかったから、びっくりしました。でも、わたしたちの関係を言ってしまってよかったんですか？　もしこの辺りで噂になったりしたら」

芹澤家がこの一帯で一番の資産家なら、その家の娘である真帆を袖にする形になってしまうとまずいのではないか。

そんな知紗の懸念に、彼はあっさり答える。

「別に気にしない。俺はここに住んでるわけじゃないし、もう真帆に何も遠慮しないと決めたから」

車が彩樂寺に乗り入れ、定位置に停まる。玄関に向かうと良信が出迎えてくれ、久原が彼に向かって言った。

「今日は彼女が寺の雑務を手伝ってくれるというから、連れてきた。兄貴は？」

「奥におるよ」

知紗は「お邪魔します」と告げ、靴を脱ぐ。

久原に連れられて奥に進むと、事務所に三十代半ばの法衣を着た男性がいた。

「明慶、わざわざ来てもらってすまないな。……っと、そちらのお嬢さんは？」

「柏原さんの孫だ。俺とつきあってる」

「えっ」

「み、三嶋知紗と申します。初めまして」

慌てて挨拶する知紗に、彼——英俊が微笑んで言う。

「初めまして。この寺の住職をしております、英俊と申します。このように見苦しい姿で申し訳ありません」

英俊は腕と脚にまだギプスをしており、正座ができないために椅子に腰掛けていた。剃髪（ていはつ）している彼は、整った顔立ちが久原と少し似ている。だが弟よりも快活で、にこやかな表情には人を安心させる雰囲気があった。英俊が久原を見やって言った。

「お前がうちに女の子を連れてくるなんて初めてだな。しかもこんなに可愛い子だなんて、隅に置けない」

「今日は寺の手伝いをしてくれると言ってるんだが、何をしたらいい？」

「別に何もしなくていいよ、父さんとゆっくりお茶でも飲んでくれれば」

英俊の言葉に、知紗は身を乗り出して答える。

「あの、お手伝いするために来たんですから、どんなことでもするつもりです。外の草むしりでも、トイレ掃除でも、何なりとお申しつけください」

するとと彼は「そうだな」と考え、知紗に提案した。

「では、廊下の拭き掃除をお願いしてもいいですか？　私はこのとおり雑巾も絞れない有様なので」

「はい！」

英俊に洗面所まで案内された知紗は、バケツに水を汲（く）み、雑巾をきつく絞る。

そして本堂の端から順番に、廊下の拭き掃除を始めた。普段きちんと掃除をされているせいか、どこも汚れが少ない。だが心を込めて丁寧にやっていると、すぐに汗が噴き出してくる。

（大変な仕事だな。これを毎日やるなんて）

しかも他にもやることがたくさんあるというのだから、僧侶とはつくづく多忙だ。

すると本堂のほうから、ふいに読経の声が聞こえてきた。朗々と響く低い声は耳に心地よく、脚を忍ばせて本堂に向かった知紗は廊下からそっと中を覗（のぞ）き込む。

（あ、……）

本尊の前に正座して読経しているのは、久原だ。

黒無地の法衣に着替えた彼は、仕事を始める前に勤行しているのだろう。その後ろ姿は凛（りん）としていて、見ているこちらも背すじが伸びる気がする。

（恰好（かっこう）いいなあ……）

会社で仕事をしている久原も恰好いいが、僧侶としての姿はまた違った魅力があり、知紗はつい見惚（みと）れる。

しかしせっかく手伝いを申し出たのだから、さぼってはいられない。先ほど拭いた場所まで戻った知紗は、彼の読経の声をＢＧＭにせっせと拭き掃除をした。すべて終わった頃にはすっかり汗だくになり、良信が冷たいお茶を出してくれる。

「お勤めご苦労さまです。あまり精を出しすぎては、この気温ではすぐにバテてしまいますからな。適度に休憩を挟みつつお願いしますよ」

「はい」

英俊は苦手だという事務仕事に取り組んでおり、知紗はその後境内の掃き掃除などをしているうちに時間が過ぎる。

やがて昼になると、シズが気を使っておにぎりや煮物を差し入れてくれた。それを皆で食べつつ、久原が兄に問いかける。

「その身体で檀家さんの月参りに行ってるって、大丈夫なのか？　だって正座もできないんだろ」

「檀家さんの家はお年寄りが多いから、仏間には必ず椅子があるんだ。それを借りるのをあらかじめ許してもらって、読経してる」

英俊が「だから」と言って久原を見た。

「お前はもう、中ノ町に通うのは終了でいいよ。これまで二ヵ月近く寺の仕事を手伝ってくれて、本当に助かった。僕はギプスが取れるまでもう少しかかるけど、父さんと協力して何とか仕事をこなすから心配しないでくれ」

「そうか」

「それに入院したのも、あながち悪いことばかりでもなかったんだ。実は彼女ができてね」

「へっ？」

どうやら英俊は、入院した病院の看護師と恋に落ちたらしい。

二十代後半の彼女は動物好きの優しい女性で、英俊が飛び出してきた猫を避けようとして事故を起こしたのを知り、意気投合したという。彼は最初から結婚を前提に告白し、交際は順調なのだそうだ。

久原が微笑んで言った。

「そうか、よかったな」

「やはりこの世のすべてのことは必然で、縁で繋がってるんだと実感したよ。僕が事故を起こしたのも、それで入院して彼女に出会ったのも、すべて必然。明慶と知紗さんもそうだろう？」

知紗は隣の久原と目を見合わせ、確かにそうだと考える。

祖父の法事のために中ノ町を訪れ、そこで彼が僧侶の資格を持っていることを知った。それまで鬼上司だと思っていた久原の別の顔を知り、今は恋人になっているのを考えると、確かに奇妙な〝縁〟だと思う。

昼食後は知紗は仏器磨きをし、久原は檀家の月参りに出掛けていった。一軒だけだったそれを終えて帰ってきた彼は、本堂にいた知紗の隣に座り、仏器磨きを手伝いながら言う。

「これが終わったら、出掛けるぞ」

「えっ、どこにですか？」

「斜め向かいにある、芹澤家だ」

いよいよ真帆と直接話をするときがきて、知紗は気を引き締める。

外に出ると、雲がまだらに浮かぶ空からは強い日差しが降り注ぎ、蒸し暑い空気に満ちていた。山から蝉の鳴き声がうるさいほどに響き渡り、少し動くだけで汗がにじむ陽気の中、知紗は隣を歩く久原に問いかける。

「芹澤さん、おうちにいらっしゃるんでしょうか」

「さあな。だが体調不良で実家に戻ってきたっていうから、出掛けているにしてもきっと近場だろう。もし不在なら、何時に戻るか聞けばいい」

　話しながら寺の敷地を抜け、道路を渡った。

　屋根瓦のついた立派な塀の先にある門口を目指して歩いていると、行く手から白い日傘を差して歩く女性の姿が見える。知紗は久原の法衣の袖を引いてささやいた。

「明慶さん、あれ……」

　右足をわずかに引きずるように歩いているのは、真帆だ。

　彼女はこちらに気づき、ゆっくり歩み寄ってくると、優雅に微笑んで言った。

「明くん、わざわざ私に会いにきてくれたの？　呼んでくれたらお寺まで行ったのに」

「お前と話がしたくて来た。このあいだの日曜、お前は柏原さん家を訪れて、知紗に俺と婚約していると嘘を言ったそうだな。一体どういうつもりだ」

　久原の問いかけに、真帆はまったく動じずに答えた。

「別に嘘を言ったつもりはないわ。都会で働くあなたが他の女の子と適当に遊ぶのは、仕方がないことだと割り切ってる。だって子どもの頃から私と一緒にいたんだもの、きっと羽目を外したくなることだってあるものね。最終的に私のところに戻ってきてくれさえすれば、何も文句はないのよ。ただ、自分のテリトリーに身の程を弁えない人が入り込んできたら、さすがに心穏やかじゃいられないでしょう？　だから彼女にやんわりと釘を刺したの」

あくまでも〝自分と久原は、特別な関係だ〟という前提で話す真帆を前に、知紗は不快感をおぼえる。

それは久原も同じらしく、彼は苛立ちをにじませながら言った。

「お前に俺の行動を束縛される筋合いはないし、勝手に結婚する前提で知紗に釘を刺すなんてお門違いもいいところだ。俺と真帆が恋愛関係だったことは、過去に一度もなかっただろう」

「私は子どもの頃から、ずーっと明くんが好きよ。うちの両親だって応援してくれてるわ、『明慶さんならしっかりしていて、婿にするのにぴったりだ』ってね。このあいだ道で偶然会った私の母が、明くんに直接そう言ったでしょ？」

彼女は「それに」と言い、意味深な笑みを浮かべた。

「そうやって文句を言っても、結局明くんは私を見捨てられないはずよ。だって私を傷物にしたのは、明くんなんだもの」

すると久原が眉をひそめ、舌打ちしてつぶやいた。

「誤解を招くような言い方はやめろ」

「誤解じゃないわ。わかってるくせに、どうしてそんな言い方をするの」

「わざと相手のミスリードを誘うような言い方をするなと言ってるんだ。そういういやらしい匂わせの仕方、本当に昔から変わらないな」

　確かに事情を知らない人間が今の話を聞けば、あたかも久原が過去に彼女に手を出し、それをなかったことにしようとしていると誤解するに違いない。

　彼は真帆の目を真っすぐに見つめて言った。

「知紗には事情をすべて話してあるから、お前のそのやり方は通用しない。今日ははっきり決着をつけようと思って、ここに来たんだ」

「決着って、何の？」

「お前は子どもの頃に怪我をした原因を、俺のせいだと嘘をついた。周りを味方につけて長年俺を束縛してきたが、それはあまりに理不尽なものだ。俺は今後一切お前の嘘につきあう気はないし、怪我を盾にプライベートに踏み込むことも断固として拒否する」

　久原の言葉が意外だったのか、彼女がかすかに目を見開く。だがすぐに余裕を取り戻し、困ったような顔で言った。

「明くんが何と言おうと、過去は変わらないわ。あなたは私をジャングルジムから突き落とした張本人で、後遺症が残った私に一生尽くす義務がある。だって当然でしょう？　加害者なんだもの」

「当然なんかじゃない。俺があのときジャングルジムで指一本触れていなかったことは、お前自身が一番よくわかっているはずだ。いくら周囲に嘘を信じてもらうのに成功したって、当事者である俺とお前の間にある事実は未来永劫変わらないんだぞ。嘘を訂正する機会はそのあといくらでもあったはずなのに、お前はそれをせず俺を束縛するために利用した。それどころか、俺の交際相手である知紗に嘘を吹き込んでまで別れさせようと画策したよな。そんなお前を心から軽蔑するし、今後好きになることは一〇〇パーセントありえないって断言できる」

するとそれを聞いた真帆が、すうっと笑みを消して真顔になる。彼女は久原を見つめ、不満げに言った。

「どうしてそんなこと言うの。私が明くんのことを好きなの、昔からよくわかってるでしょう？　私が自分に怪我をさせたあなたを許してあげたから、周囲はそれ以上明くんを責めなかったのよ。それなのに」

「そもそも俺は何もやっていないんだから、そんなことで恩に着せられても感謝なんてしない。お前に正当性は何ひとつないんだ」

「そんな子のどこがいいの。何の取り柄もなさそうなのに」

「お前とは天と地ほどの差だ。俺が本気で欲しいと思った、唯一の相手なんだから」

真帆が悔しげに顔を歪め、何かを言いかける。

そのとき一台の車が走ってきて、すぐ横で停まった。中から降りてきたのは、三十代とおぼしき男女だ。男性は整った顔立ちだがおどおどと気弱そうな雰囲気を醸し出していて、一方の女性はどこか怒ったような表情をしている。

彼らを見た瞬間、真帆の顔色がみるみる変わった。彼女は身を翻し、その場から立ち去ろうとする。その背中を、女性が強い口調で呼び止めた。

「待ってください、芹澤さん。また逃げる気ですか？」

「……っ」

「私たちがここまで来た意味、わかってますよね。話し合いをドタキャンして会社を辞めて、ご実家に戻って逃げきれたつもりなんでしょうけど、そんなことは断じて許しません。ご自分がしたことの責任は、きっちり取っていただきますから」

知紗は驚き、事の成り行きを固唾を飲んで見守る。久原が女性に向かって問いかけた。

「失礼ですが、どちら様でしょうか。彼女があなた方に何か？」

「私は岩本（いわもと）と申します。私の夫と芹澤さんが不適切な関係であることを突き止め、彼女と話し合う機会を一度持ちました。ですがなかなか事実関係を認めなかったために再度面会の機会を設けたところ、彼女はそれをドタキャンして姿をくらましてしまったんです。気がつくと勤務先も辞めていて、興信所に調査を依頼した結果、ご実家にいることがわかったのでここまで来ました」

どうやら真帆は、目の前にいる男性と不倫関係にあったらしい。

妻に不貞がばれて責任を追及された途端、さっさと会社を辞めて実家に逃げ帰ったという話を聞いた久原は、彼女を見やって言った。

「なるほどな。体調不良で実家に戻ってきたと言っていたが、そんな事情があったわけか」

「あの、そちらは……？」

「私はそこの寺の者で、彼女とは幼馴染になります。少々トラブルがあり、話し合いをしているところでした」

久原の説明を聞いた岩本の妻は納得したように頷き、真帆に視線を向ける。

「興信所に証拠の写真を何枚も撮られているのに、あなたはとことん認めず往生際が悪かったわよね。私が最初に会いに行ったときは走ってその場から逃げ出したけど、今日はそんなことは許さないわよ。ご両親に証拠を提示しながらお話しさせていただいて、自分がしたことをきっちり認めてもらいますから」

するとそれを聞いた久原が怪訝な顔をし、「あの」と口を開く。

「今、真帆が〝走って逃げた〟とおっしゃいましたか？　彼女は右足が不自由なんじゃ」

「ええ、確かに走って逃げましたよ。私が見るかぎり、芹澤さんが足を引きずっていた様子はまったくありませんが……。あなた、会社ではどうだったの」

妻に話を振られた岩本は、ビクッとしつつ答える。

「ぼ、僕も彼女が足を引きずっているのは見たことがない。何年も同じ会社にいたけど、そんなそぶりは一度もなかったよ」

「――――」

久原が信じられないという顔で、真帆に視線を向ける。そして低く問いかけた。

「……おい、一体どういうことだ」

「………」

「お前の足には、何の後遺症も残ってなかったってことか。それなのにずっと嘘をついて、俺を」

彼女は動揺し、真っ青な顔で黙り込んでいる。

語るに落ちた様子を前に、ぐっと奥歯を噛んだ久原が大股で真帆に歩み寄った。そしてその腕を強くつかみ、岩本の妻に向かって告げる。

「彼女の両親に、急ぎ報告しなければならないことができました。私は近所の誼ですぐに面会を申し込むことができますが、あなた方も同席されますか」

「え、ええ。ぜひ」

「では、参りましょう」

――その後の話し合いで、真帆が会社の上司だった岩本と不貞関係にあったことが証拠と共に提示され、芹澤夫妻は仰天して娘を問い詰めた。

すると彼女は渋々事実を認め、夫妻は岩本の妻に謝罪することになった。併せて久原が真帆の足には後遺症がなかったことを告げると、芹澤は信じられないというように娘を見た。

「どういうことだ、真帆。お前、本当は普通に歩けたのか」

「………」

「答えなさい」

　父親に問い詰められた真帆は、不貞腐れた顔で答えた。

「ええ、そうよ。骨折が治ったあとは、普通に歩けてたわ」

「だったらどうして……」

「明くんに言うことを聞いてもらうためよ。それまでいつも私を邪険にしていたから、チャンスだと思ったの。自分のせいで足を引きずるようになった私に、冷たくなんてできないでしょ。だからずっと普通に歩けないように装ってたの」

　地元を離れてS市で就職したあとは、周りに事情を知る者がいない気楽さで普通に歩いていたらしい。

　久原が改めて真帆をジャングルジムから突き落とした覚えはないこと、それなのにずっと怪我の後遺症を盾にして束縛されてきたことを告げると、芹澤は平身低頭で謝罪した。

「申し訳ない、何とお詫びしていいか。私たちは娘可愛さに甘やかし、真帆が君を我儘で束縛するのを当然のように考えていた。この子がここに戻ってきてからは、君と結婚したいと言うのを容認すらしていたんだ。なのにそのすべてが嘘だったなんて」

　心労で一気に老け込んだ様子の夫妻は、岩本の妻に不貞に関する慰謝料を支払うこと、久原には日を改めて再度謝罪することを約束した。

　岩本の妻との間に書面を交わすと聞いた久原と知紗は、一足先に芹澤家の屋敷を辞する。

知紗は足元を見つめ、小さく息をついた。

「何だか怒濤（どとう）の展開でしたね。まさか芹澤さんの足の後遺症が、嘘だったなんて」

「しかも不倫がばれて、相手の妻に謝罪もせずに実家に逃げ帰っていたとはな。ある意味あいつらしい」

先ほどの芹澤夫妻の動揺を思い出すと、気の毒になる。今までさんざん娘を甘やかしてきた彼らは、これからそのツケを払うことになるのだろう。

知紗は「でも」と言い、久原を見上げた。

「結果的に、明慶さんにかけられた濡（ぬ）れ衣が晴れてよかったですね。もう誰にも〝芹澤さんを怪我させた人〟って思われなくて済むんですから」

「……そうだな」

彼が噛みしめるようにそうつぶやき、チラリと笑う。

「じゃあ、柏原さんに挨拶して帰るか」

「はい」

＊　＊　＊

週の半ばの水曜、株式会社initium（イニティウム）北海道支社のオフィスは、相変わらずタイピングの音や電話で会話する声で溢（あふ）れている。

向かいの席に座る加納が、パソコンの画面を見て言った。

「あら、このあいだの社内コンペの結果が出てるわ。今回の最優秀賞は、仙台支社の三浦さんですって」

知紗も自分のパソコンで自社サイトを確認すると、確かに社内コンペの結果が更新されていた。

最優秀賞を取った作品は仙台支社のまだ新人といっていい男性社員で、インタラクティブアートを駆使したポップな仕上がりになっている。それを見た知紗は、ため息をついて言った。

「すごいですね、入社したてで若いのにここまでの作品を作れるのって」

「三嶋さんのもよかったわよ、すごく優しい雰囲気で。あれ、エントリーを辞退してよかったの？」

「……はい」

社内コンペにエントリーした作品は自分的に努力して作ったものだが、同期の持田大夢に模倣されて大きな騒ぎになった。

彼が知紗のパソコンからデータを盗んだことは会社の入退室のログから裏付けが取れ、自主退社ではなく懲戒解雇の処分が下された。その前から持田は知紗を中傷するメールを数名の社員に匿名で送っており、中にはそれを信じてしまった者もいたが、あれから十日余りが経つ今はだいぶ以前の雰囲気に戻っている。

隣の誰もいない席に視線を向け、知紗は持田について考えた。

（あのとき持田くんは、わたしのことを「自分が仕事で行き詰まってる横でいつも楽しそうにしてて、少しずつ結果を出してる」って言ってたけど、全然そんなことない。わたしなりにいろいろ悩んで、いい作品を作りたくて、日々足掻（あが）いてるんだもの。まったく余裕なんてないのに）

人を羨んでデザインを盗むという行動は、断じて許しがたい。

だが持田の丁寧な仕事ぶりや努力家な部分、気遣い上手な性格を知っている知紗は、彼を思い出すたびに胸がシクリと痛んでいた。クリエイターである以上、行き詰まったときに〝そちら側〟に落ちてしまうのは、案外たやすいのかもしれない。でもあの一件は知紗と同僚たちにとって、自分は彼のようにはならないという教訓になったに違いない。

一方、妻帯者との不貞がばれた真帆は、相手の妻が提示した証拠から言い逃れをすることは難しく、全面的に白旗を上げたらしい。差し当たって父親が娘の代わりに岩本の妻に慰謝料を支払い、真帆は今後、新潟の親戚の元に預けられてそちらの家業を手伝いながら少しずつ借金を返済する予定だという。

久原の元にはわざわざ中ノ町から出てきた真帆の父親が謝罪に訪れ、「これまでのお詫びに」と小切手を渡そうとしたものの、彼はそれを固辞した。芹澤は彩樂寺にも詫びに訪れたそうで、すっかり憔悴（しょうすい）していたと英俊が伝えてきたらしい。

『芹澤さんは、娘の真帆を甘やかしたことを心から後悔しているようだよ。ただ可愛がるだけが愛情ではないし、本当に子どものことを思うなら、厳しいことを言えるのもまた親だけだよね』

そんな彼は看護師の彼女との交際が順調で、結婚を前向きに考えているという。

久原は「二人の間に子どもが生まれてくれれば、とりあえず彩樂寺の後継者問題はクリアだな」と安心した顔で言っていた。

（全部が上手くいって、よかったな。あ、譲だけは違うか）

追突事故の対応で意中の彼女と上手くいったはずの譲は、一ヵ月も保たずに相手から別れを告げられてしまった。別れ際に「三嶋くんって、話してることに中身がないよね。一緒にいて何か退屈」と言われたらしく、本気で落ち込んでいた。

そんな弟を気の毒に思いつつコーディング作業をしていた知紗は、ふいにフロアに響いた低い声で我に返る。

「――三嶋、ちょっと」

呼んでいるのは久原で、知紗はドキリとしながら「はい」と返事し、立ち上がった。

彼は今日の朝に知紗が出したコンセプト案を見ながら、淡々と告げる。

「H社のサイトのリニューアルに関するレスポンシブデザインのことだが、コンテンツをクリックする領域がちょっと狭い。パソコンだとポインターで正確に押せるが、タップは人の指で行うためにだいぶアバウトだ。サイズ設定をもう少し大きめにしたほうがいいんじゃないか」

「でも、なるべく多くのコンテンツを見せたほうが、ユーザーの興味関心に繋がるかと思ったんです。このサイズならそこまで押しにくいとは感じないんじゃないでしょうか」

勇気を持って言い返してみたが、久原の反応はにべもない。

「確かに女性ならそうかもしれないが、男性の場合は指の大きさが違う。それにより多くの情報を一目で見せたいのはわかるが、画面全体がボタンとリンク領域で埋め尽くされていると、間違ってタップして意図しない画面に遷移してしまうことも考えられる。画像の上下のマージンに少し余裕を持たせ、左右に少し余白を残しておけばだいぶ防げることだ」

彼が書類をこちらに戻し、明朗な声で言った。

「使いやすさを念頭に置いた〝意味のある余白〟に留意し、もう一度修正するように。期日は今日の終業まで」

「……わかりました」

ぐうの音も出ずに書類を受け取った知紗は、自分の席に戻る。

会社での久原は、相変わらず鬼上司だ。仕事にはガンガン駄目出しをし、容赦なく差し戻してくる。だが必ず修正のヒントを付け加えてくれるため、決して理不尽ではない。

そしてプライベートでは、知紗をさんざん甘やかしてくれる優しい恋人だった。

（明慶さんがあんなに溺愛体質だなんて、本当に意外だな。普段はクールな顔をしてるくせに）

素の彼はスキンシップが多く、年上らしい包容力があって、何くれとなく世話を焼いてくれる。

僧侶の修業時代に培った掃除や片づけの技術は高く、知紗よりもまめまめしく部屋をきれいにしていた。会社での顔とはまるで違うが、近頃の知紗はそんなギャップを楽しんでいる。

だが会社で一緒にいる時間が長い分、仕事でも認められたい。優れたウェブデザイナーである久原に、少しでも追いつきたい——そんな希望を抱いていた。

(たとえ凡人でも、めげずに努力を続ければ明慶さんに近づけるかもしれないよね。そうしたら……)

いつか手放しで彼に褒められる日がくる可能性は、決してゼロではない。

そう自分を奮い立たせた知紗は、差し戻されたコンセプト案のページをめくる。そして提案された以上のものに修正するべく、目の前の仕事に集中した。

番外編　強面上司との甘い週末

ウェブデザイナーが就職や転職をする際には、自身にどれだけの力量があるのかを示すため、過去の制作実績やポートフォリオの提出を求められる。

デザインスキルやセンスを伝えるためにもっとも有効なのは、コンテストやアワードなどの受賞履歴だ。参加するとプロから客観的な視点で評価してもらえ、たとえ受賞に至らなくても自身の強みや弱点を炙(あぶ)り出したり技術を磨く上でいい経験となる。

株式会社initium(イニティウム)に入社して一年半となる知紗は、あるコンテストに応募するべく日々準備に追われていた。毎日会社で仕事をし、ときに残業をしながら自宅でコンテスト用の作業をするのは、体力的にかなりきついものだ。だがウェブデザイナーとして箔(はく)をつけるべく、受賞歴が欲しい。その一心で頑張っている。

仕事が休みの日曜日、自宅の仕事スペースでパソコンに向かっていた知紗は、午後四時半に何とかコーディングを終えてぐったりとデスクに突っ伏した。提出期限は明日に迫っていて、ギリギリ間に合った形だ。おかげでここしばらくは家事もまともにできず、先ほどまで家の中は荒れ放題だったが、ふと周囲に目を向けるとすっきりと片づいている。

ソファで持参したノートパソコンを開いていた久原が、こちらに目を留めて言った。

「終わったのか？」

「は、はい。すみません、明慶さん。わたしが気づかないうちに、部屋を片づけてくれたんですよね……？」

「別に物音を立てずにやってたわけじゃないけど、お前は集中してて全然気づかなかったな」

僧侶の資格を持ち、修業時代に掃除や身の回りのことなどをみっちりと仕込まれたという彼は、家事能力が極めて高い。

つきあい始めて七ヵ月、仕事が休みの週末は一緒に過ごすのがお決まりのルーティンだったが、ここ最近は知紗がコンテストに向けた制作で忙しく、作業に自宅のデスクトップパソコンを使うという都合上、久原がこちらの家に来ていた。

昨日は彼が出張に行っていて会わなかったが、今日は朝からこのアパートに来て掃除や洗濯をしてくれていたようだ。気がつけば室内も水回りもピカピカになっていて、知紗は平身低頭で久原に詫びる。

「明慶さんに家事をさせてしまって、すみません。昨日の夜に出張先から帰ってきて、疲れてるはずなのに」

「気にするな。俺もできないときは手を出さないし」

この土日は寝る間を惜しんで制作に集中し、今日は顔も洗ってなければメイクもしていない。そんな自分が恥ずかしくなり、知紗は手櫛で乱れた髪を直しながら言った。

「あの、これから身支度をしますから、外に晩ご飯を食べに行きませんか？　家の掃除をしていただいたお礼に、今日はわたしが奢ります」

「知紗に奢ってもらうつもりは、毛頭ないけど。一体何が食いたいんだ？」

彼の問いかけに、知紗は胃の辺りを擦りながら答える。

「何がって言われると、思いつかないかも……。実はコンテストのことを考えるとストレスで胃がキリキリして、昨日もあんまり食べれなかったんです」

カップラーメンとゼリー飲料しか口にしていないという知紗の言葉を聞いた久原が、ふいに思いがけないことを言う。

「――だったら、胃に優しい精進料理でも作ってやろうか」

「えっ」

「前に、俺の手料理を食ってみたいって言ってただろ」

確かに彼の修業時代の話を聞いたとき、精進料理が作れるというのに興味を抱いた。

だが実際にそう言われると恐縮してしまい、知紗は慌てて首を横に振る。

「あの、今日じゃなくていいです。わざわざ作るなんて手間ですし」

「お前はゆっくりシャワーを浴びて、凝り固まった肩の筋肉でもほぐしてこい。俺はちょっと近くのスーパーまで買い物に行ってくる」

勧められるがままにバスルームに向かった知紗は、脱衣所で部屋着を脱ぎながら考える。

（精進料理って、一体どんな感じなんだろ。考えてみると、明慶さんのちゃんとした料理を食べるの初めてだな）

つきあって七ヵ月が経ち、これまで何度も彼の自宅マンションに泊まって朝食をご馳走になる機会もあったものの、毎回コーヒーとトーストという簡単なものだった。そもそも久原は多忙ゆえに自炊はしないと言っており、普段はデリバリーや外食が多いという。

（それなのにわざわざ作ってもらうの、申し訳ない。わたしも何かお手伝いしよう）

熱めのシャワーで凝った肩をほぐし、髪を乾かしたあと、薄くメイクをする。

知紗がキッチンに向かうと、既に買い物から帰った久原が料理に取りかかっていた。「わたしも手伝います」と言うと、彼があっさり答える。

「いいよ。お前は座ってろ」

「でも」

「一人でするほうが気楽なんだ。それより、コンテストに提出する制作物の見直しをしたほうがいいんじゃないのか」

言われてみればそのとおりで、知紗はすごすごとリビングに戻る。デスクに向かいながらそっとキッチンを窺うと、シャツの袖をまくって伏し目がちに作業する久原の姿があり、胸がときめいた。

(明慶さん、やっぱり恰好いい。あんな素敵な人がわたしの彼氏だなんて、まだ信じられない)

七ヵ月前まで、知紗の中での彼はいつも眉間に皺を寄せてニコリともしない鬼上司だった。それが紆余曲折の末に恋人同士となり、仕事の面では相変わらず厳しいものの、プライベートでは年上らしい包容力のある優しい彼氏となっている。

デスクに向かい、パソコンを起動させた知紗は、先ほど完成したばかりの作品の見直しを始めた。今回応募するコンテストは、ＣＳＳ、すなわちウェブページの文字の大きさや背景、配置といった見た目の設定を評価するもので、ＵＸデザインや最新技術を採用しているかなどのイノベーションの有無が重要視される。

ノミネートされるのは実際の操作性やユーザー体験の面で秀でたホームページで、ウェブデザイナーとしての経験とセンスが問われるものだった。しばらく画面に集中してコーディングを見直すうち、キッチンからいい匂いが漂い始める。

二十分ほど経ったところで、久原が知紗に呼びかけてきた。

「できたぞ」

作業のバックアップを取ってリビングに向かうと、ダイニングテーブルには出来上がった料理が並んでいる。知紗は目を輝かせ、歓声を上げた。

「わ、すごいですね……!」

彼が作ったのは、ふろふき蕪の胡麻味噌仕立て、茸たっぷりのかけ蕎麦、大根と人参の白和えで、食欲をそそる匂いが立ち込めている。

　知紗が椅子に座ると、久原がひとつひとつ説明してくれた。

「ふろふき蕪は一旦茹でて水で冷ましたあと、昆布だしとしょうゆ、みりんで柔らかく煮て、練り胡麻入りの味噌だれを掛けて上から柚子の皮を散らしてる。大根と人参の白和えは、千切りにした野菜をさっと茹でたあとで甘酢に漬け、豆腐としょうゆ、砂糖、胡麻をすり鉢でなめらかにしたもので和えた」

　蕎麦は濃口しょうゆと薄口しょうゆ、みりんとだし汁を合わせたもので、数種類の茸を煮たつゆを掛けていて、上に散らした三つ葉と白胡麻の色合いが食欲をそそる。

　知紗は「いただきます」と言って、料理に箸をつけた。すると蕪は箸で切れる柔らかさに煮えていて味噌だれの甘みがちょうどよく、白和えは野菜の歯ごたえがしっかり残りつつも甘酢の酸味と豆腐のなめらかさが癖になる味だ。

　そして茸蕎麦は滋味豊かなつゆに、三つ葉の香りとシャキシャキ感がいいアクセントになっていた。どれも胃に優しい味付けで、しかも目に美しい。知紗はすっかり感心してつぶやいた。

「精進料理って味気ないものを想像していたんですけど、すごく美味しいんですね。しかも本格的な日本料理みたいに、彩りがきれいです」

「精進料理では肉が使えないから、それ以外のもので満足感を得られるよう、味付けや食感に趣向を凝らしてるんだ。見た目にこだわるのも、その延長だろうな」

丁寧にだしを取った料理は胃にじんわり染み渡るようで、気がつけば食欲がなかったはずなのに完食してしまっていた。知紗は満足の息をつきながら、しみじみと言う。

「明慶さんって、本当に何でもできるんですね。掃除や洗濯だけじゃなく料理までできるなんて、わたし、何だか自信がなくなっちゃいます」

「別に知紗が自信を失くす必要はないと思うけど。お前も料理はできるだろう」

「わたしが作るものって、何ていうかジャンクなものばかりじゃないですか？　味付けのセオリーとか無視していて適当ですし、見た目もがさつで」

するとと久原が笑い、使用済みの食器を重ねながら言う。

「それでも妙に美味いから、俺は知紗の料理が好きだよ。発想が自由で、とにかく美味しいものを作ろうって考えているのが伝わってきて、今日は何が出てくるんだろうっていうワクワク感がある」

彼は「それに」と言葉を続け、さらりと言った。

「掃除も洗濯もお前ができないときは俺がやればいいんだし、深く考える必要はないんじゃないか？　好きな相手のためにすることは、まったく負担に感じないけどな」

「えっ」

久原がそのまま食器を下げにキッチンに行ってしまい、知紗は残りの皿を持ちながら慌てて彼を追いかける。

「明慶さん、今わたしのこと〝好きな相手〟って言いました？」

「あー、言ってない。気のせいだ」

「嘘ですこの耳で聞きました。もう一回ちゃんと言ってください」

プライベートでは甘い恋人である久原だが、「好きだ」という言葉は滅多に言ってくれない。態度や行動で甘やかしてくれるだけでも恋人としては充分すぎるほどだが、やはり実際に言葉にしてくれるとうれしい。そう思いつつ知紗は何度も食い下がるものの、食器を洗い始めた彼はにべもない態度だった。

「ほら、とっとと皿を拭けよ」

知紗はムッと頬を膨らませる。

鬼上司だったときに比べ、今の優しさは雲泥の差だが、それでもたまには気持ちを言葉にしてくれてもいいのではないか。そんなふうに考えながら久原の広い背中に抱きつき、彼の腰に腕を回しつつ、独り言のようにつぶやいた。

「わたしがいつも一方的に、好き好き言いすぎなのかな。男の人に『たまには言ってくれてもいいのに』って思うのは、気持ちの押しつけなのかも」

すると彼がピクリと身体を揺らし、蛇口の水を止める。そして手近にあった布巾でおざなりに手の水分を拭うと、クルリとこちらを振り向いて口を開いた。

「その、何だ。……俺は別に知紗の好意に胡坐をかいているわけではない」

「えっ？」

「どうでもいい相手なら、わざわざ家まで来て部屋を片づけたり料理を作ったりしない。

たとえお前が他のことに集中していても、一緒にいたいと思うからこうして来てるんだ」

　久原は「つまり」と言葉を続け、知紗の頭にポンと手を乗せて言った。

「ちゃんと好きだから、あんまり拗ねるな。俺はこのとおり口が上手くないし、いろいろやきもきさせてたらごめん。なるべく伝えられるよう善処する」

　彼がぎこちなく想いを伝えてくれているのだとわかり、知紗の胸がじんとする。

　いつも淡々としてクールな久原だが、実はとても優しい。改めてそう実感し、知紗は正面から彼の胸に抱きついて告げる。

「わたしも大好きです。口が上手くないとか言いながら、自分なりに言葉を尽くして気持ちを伝えてくれるところが、やっぱり好きだなって思います」

　あっさり機嫌を直す知紗に、久原がふいに思いがけないことを言う。

「――そういうこと言うと、今すぐ襲うぞ」

「えっ」

「俺がどれだけ我慢してると思ってる。この二週間、お前がコンテストの制作に集中したいって言うから、会っても何もしなかった。でもさっき終わったんなら、もう遠慮しなくていいよな」

　確かにこの二週間、知紗は彼と抱き合っていない。

　昼間は会社で仕事、帰宅してからはコンテスト用の制作をしていて、気持ちにまったく余裕がなかった。そんな知紗を久原は一切責めず、夕食に連れていってくれたり差し入れを届けてくれたりというサポートのあと、別れ際に「おやすみ」と言ってキスをするだけで終わっていた。

　そんな彼がまさか欲求不満を溜(た)め込んでいたとは思わず、知紗はしどろもどろに言う。

「明慶さんはいつも涼しい顔をしてるので……そんなふうに考えてるとは思いませんでした。あの、わたしとしたいってずっと考えてたんですか？」

「そりゃあな」

　久原が一旦言葉を切り、ふと何かに気づいた顔でニヤリと笑う。

「ああ、こういう言い方をすればいいのか。――好きな女に触れたいと思うのは、男として当然だろ」

「……っ」

　耳元に口を寄せてそうささやかれ、知紗の顔が一気に赤らむ。

　彼はとても声がよく、その真価がもっとも発揮されるのは読経のときだ。だがささやき声の破壊力も強烈で、しかも久原は知紗がその声に弱いのを知っていてわざとやっており、思わず耳を押さえながらつぶやいた。

「狡(ずる)いです。不意打ちでそういうことするの……」

「でもお前は、俺に耳元で話されるのが好きなんだろ」

「好きですけど……っ」

　憤然としながら認めたところ、彼が楽しそうに「ははっ」と笑う。

滅多にないその顔は自分にしか見せないもので、知紗の胸がきゅうっとした。好きな想いが一気に高まり、知紗は背伸びをすると、頭ひとつ分高い久原の唇に触れるだけのキスをする。そして彼の大きな手を自分の胸に誘導しつつ、ささやいた。

「わたしも明慶さんに、触られたいです。……二週間キスだけで寂しかったので」

「意見が一致したな」

久原の整った顔が近づき、唇を塞がれる。

ぬめる舌が絡むのと同時に胸のふくらみをやんわりと揉まれ、知紗は息を乱した。立ったままキッチンで抱かれ、そのあと疲労困憊した身体を抱えて寝室に運ばれて、今度はベッドで抱かれる。

「……っ……明慶さん、もう……」

立て続けに二度もされたあと、ぐったりした身体になおもキスをされて、知紗は弱々しく訴えた。いくら二週間ぶりの行為とはいえ、これほど何度もされてはついていけない。そう告げると、肌に唇を這わせていた彼が視線を上げ、チラリと笑って言った。

「俺より若いくせに、知紗は全然体力がないな」

「……っ」

吐息交じりの声とその眼差しが孕む色っぽさに、知紗の身体の奥がじんと疼く。

顔が整っていて声がよく、おまけにこんなにも絶倫だなんて、反則だ。そう思いながらも好きな気持ちがこみ上げてたまらず、知紗は腕を伸ばして久原の身体を引き寄せ、その首に強く抱きついて告げる。

「好き、明慶さん。……これからもずっと一緒にいてください」

「もちろん一緒にいてやるけど、お前、俺のマンションに引っ越してこないか？」

「明慶さんのマンションに、ですか？」

「ああ。そうしたら、もっと一緒にいられるだろう」

思いがけない提案に、知紗は目を丸くする。

確かに同じ家に住むようになれば、今より一緒にいる時間は増えるに違いない。そんなふうに考えていると、彼が独り言のようにボソリとつぶやいた。

「――だったらいっそ、結婚したほうがいいか」

「えっ」

「まあ、この話は追々な」

さらりと爆弾発言をされた知紗は、その真意を確かめたくて「あの」と声を上げる。しかし胸のふくらみをつかんで先端を舐(な)め上げた久原が、視線をこちらに向けて言った。

「とりあえず今は、こっちに集中しろ」

触れる手と舌、熱を孕んだ眼差しとささやき声に、どうしようもなく乱される。

愛撫(あいぶ)に声を上げつつ、知紗は先ほどの彼の言葉を反芻(はんすう)してうれしさで心が震えるのを感じた。この先も久原と一緒にいられると思うと、胸がいっぱいになる。彼との揺るぎない未来を想像し、幸せな気持ちになりながら、知紗は彼のもたらす快楽に素直に身を委ねた。

あとがき

こんにちは、もしくは初めまして。西條六花と申します。

蜜夢文庫さんで七冊目となるこの作品、過去にパブリッシングリンクで電子書籍として刊行したものを文庫化していただけることになりました。

今作のヒーローである久原はウェブデザイナー、イケメンなのにまったく愛想の欠片もない鬼上司で、実は僧侶の資格を持っています。兄が交通事故に遭ったために週末だけ地元に戻り、寺の仕事を手伝っているダブルワークな人です。

一方のヒロイン知紗もウェブデザイナー、まだまだ駆け出しですがやる気はあり、天真爛漫なあまり色気のないタイプといっていいかもしれません。

舞台はわたしの作品でちょくちょく出てくる田舎となりました。雰囲気は父方の祖父が住んでいた地方をモデルにしており、長閑な空気や山から響くうるさい蝉の声、真っ青な空、夏の蒸し暑さを感じていただけたらなと思います。

執筆のたび、その作品の登場人物はどんな料理が得意かを考えるのですが、知紗はジャンクなメニュー、久原は見た目も美しい精進料理となりました。担当さんに番外編のネタを「精進料理はいかがでしょう」と提案され、久原が徹夜明けの知紗に作って振る舞う内容を書きましたが、参考サイトを見るとどれも本当に手間がかかっていて見た目が日本料理のように繊細なことに驚きました。

たまにしか料理しない人が、割烹料理みたいのをさらっと作ってくれると惚れ直しませんか？　そういう人には、きっと書き下ろしの番外編が楽しめるのではないかなと思います。

イラストは、堤さまにお願いいたしました。憧れのイラストレーターさんの一人でしたので、今回担当していただけてうれしいです。完成したものはまだ拝見できていないのですが、仕上がりを楽しみにしております。

この作品が刊行される時季は、夏ですね。長らくエアコン買う買う詐欺だったわたしですが、去年ついに購入しました。おかげで猫が溶けることなく、わたしも暑さで朦朧とすることなく原稿が書けています。

まだまだ暑い日々が続きますが、皆さま体調を崩されませんように、この作品がひとときの娯楽となれましたら幸いです。

またどこかでお会いできることを願って。

西條六花

本書は、電子書籍レーベル「らぶドロップス」より発売された電子書籍『強面上司の甘いささやき　その艶声は困ります』を元に、加筆・修正したものです。

★著者・イラストレーターへのファンレターやプレゼントにつきまして★
著者・イラストレーターへのファンレターやプレゼントは、下記の住所にお送りください。いただいたお手紙やプレゼントは、できるだけ早く著作者にお送りしておりますが、状況によって時間が掛かる場合があります。生ものや賞味期限の短い食べ物をご送付いただきますと著者様にお届けできない場合がございますので、何卒ご理解ください。
送り先
〒160-0004　東京都新宿区四谷3-14-1　UUR四谷三丁目ビル2階
（株）パブリッシングリンク　蜜夢文庫 編集部
○○（著者・イラストレーターのお名前）様

強面上司の甘いささやき
その艶声は困ります
２０２３年７月１７日　初版第一刷発行

著……西條六花
画……堤
編集……株式会社パブリッシングリンク
ブックデザイン……おおの蛍
（ムシカゴグラフィクス）
本文ＤＴＰ……ＩＤＲ

発行人……後藤明信
発行……株式会社竹書房
〒102-0075　東京都千代田区三番町８－１
三番町東急ビル６F
email：info@takeshobo.co.jp
http://www.takeshobo.co.jp
印刷・製本……中央精版印刷株式会社